海光る

加藤　康弘

目次

海光る

海光る

母の墓は海のよく見える高台にあった。

墓地は檀家の普岱寺が管理している。その寺も近くにあるのだが、住宅地で家々が遮るので寺から海は見えない。かつてはその境内から、青々とした海が開けるように広がっていた。千晶の記憶には、幼い頃に見たその景色が鮮やかな思い出となって脳裏に残っていた。だから今の普岱寺から広がる景色には、がっかりさせられることもしばしばだった。

しかし墓地は昔のままだった。

海がまぶしく光り、白い海鳥が飛び交う。無数の墓石は青空に映え、潮風に吹かれるままに立ち並んでいた。

千晶は鳳仙花を墓前の花瓶に生けた。黒い消し炭の残る香炉に線香をたて、目を閉じて手を合わせる。海風が千晶の髪をゆらし、その頬を心地よく伝った。線香の白い煙がたなびき風に溶けていく。

やがて千晶は目を開き、墓石を見つめた。

風の中に亡き母の息吹を感じたからである。

千晶は墓地を海側に降り、白砂の広がる砂浜にでた。波が音を響かせて足元にからみつく。幼い頃、母に連れられて巻貝を拾ったその浜辺も昔と変わらなかった。

この波打ち際の先には療養施設「白浜荘」がある。海岸から道路を挟み少し高台にあるその施設は、白塗りの壁が陽の光に映えてまぶしいほどだった。そしてその外観が千晶の視界に飛び込んでくるのに時間はかからなかった。

「白浜荘」を玄関から入ると受付の手前に海を見渡せる待合スペースがあり、入居している老人が数人、椅子に座り海を眺めていた。そして一人の老人の傍らに叔母の芳子が神妙な顔つきで千晶を迎えた。

「千晶」

芳子は千晶を招くと、その老人の耳元に「兄さん、千晶よ」と囁いた。

千晶は老人の前に屈み、その手をとり擦った。昔から変わらない無骨で大きな手……しかし千晶には力のない華奢な手に思えた。彼は千晶がまるで視界に入っていないかのようにただ海を見つめ続けている。その彫りの深い顔立ちは父の孝博そのものだった。しかし父の手をとる千晶には、まるで人形の手を触っているように思えた。

「お母さんのお墓参りは済んだの？」

「うん」

叔母の声に千晶は静かにうなずいた。

芳子は溜息をつき千晶の肩にそっと手を置いた。

「あんたがやっとお父さんの元に帰ってきたから、晶子さんも喜んでいると思うわ」

「叔母さん……」

千晶はうつむいたまま、ただ父の手を見つめている。

「本当に……今まで……ごめんなさい」

千晶の頭上では、碧い海を見つめる孝博の眼差しがある。その瞳には海の輝きが宿り、数年ぶりに帰郷した娘の姿はなかった。

ただ白い海鳥が一羽、羽ばたいて空の彼方に消えていくのが見えるだけだった。


橋本千晶が故郷の幡豆を離れ、上京したのは十年も前だった。

ひょんなことから東京の大手デザイン会社に就職することになったのである。

「向こうから声がかかるなんて。いいチャンスじゃない。でもあなた東京で一人暮らしなんてできる？　友だちもいないし。寂しくなるだけよ」

母の晶子は言った。

彼女は自宅のアトリエでキャンバスに向かい合い、色彩豊かな世界の創造の最中にある。しかしその声音には寂しげな色があった。

「父さんといるよりはマシよ」

千晶は突き放すような声を上げた。

「知っているのよ。あの人また金融業者からお金を借りているでしょう？　それも新しい事業を始めるからって大金を！　もう、うんざり！」

父の孝博は若い時分から、ウナギの養殖をはじめ、手広く事業を展開してきた。しかし成功した事業はひとつもなく借金だけがかさんだ。そのつけを払うため新たな事業に手を出しては失敗を繰り返し、また借金をする。晶子は何も言わないが、人に騙されたことも一度や二度ではないらしい。親戚の援助でこれまで破産は免れてきたが、父だけならともかく、母も一緒に親族に頭を下げる様は見ていてつらいものがあった。そんな両親の姿を目にするのはもう耐えられなかった。

「お母さん、わたし東京に行くわ。仕事で成功したらお母さんを迎えにいくから」

そしてこんな生活にいつかは終止符を打ち、母を迎えて東京で一緒に暮らしたい。千晶の思いは強かった。

画家である晶子の影響でイラストレーターを目指していた千晶は、名古屋の美術大学で学び、その作品は講師からある一定の評価を受けた。数あるいくつものコンテストに作品を出展し、賞という賞を総なめにした。

「東京で仕事をしませんか?」

千晶の才能に目をつけたデザイン会社から、そんな声がかかるのに時間はかからなかった。

大学の作品展で千晶に声をかけたのは、東京の大手デザイン会社オールズの恭介だった。

「うちに来ていただけませんか? わが社は新しい人材が必要なんです。ぜひ東京にいらしてください」

目元が優しくさわやかな雰囲気の青年だった。

彼はオールズで営業の傍ら、デザイナーなどの卵を見つけ、幅広く人材を集めることも仕事としていた。名古屋にも支店があり、たまたま出張でこちらに来ていたということだった。

将来、イラスト関係で仕事がしたかった千晶にとって願ってもないチャンスだった。

こうして上京することになる千晶は、オールズに入社して数多くのイラストを手掛けるようになるのである。

しかし千晶には夢もあった。イラストレーターとして独り立ちをする。オールズでの仕事はその足掛かりに過ぎない。

「血は争えないわね」

千晶の心中を知ってか、晶子はなにげなくつぶやいた。

「それはそうよ、母さんの娘だもん。わたしこれからの人生、絵に命をかけるわ」

「そうじゃなくて」

千晶と会話する間にも、晶子は筆を休める様子はなかった。

「頑固で自立心旺盛。人の下に甘んじることが我慢できない……。あなたのそういうところ、父さんにそっくりだわ」

晶子の言葉は千晶にとっては不服だった。

「なに言っているのよ、母さん。わたしはあの人のようにならないから」

つい二日前のことである。

千晶は孝博と晶子の前で自分の進路について打ち明けた。

父の孝博は彼女の上京にあまり関心を示さなかった。

「おう、がんばれ。俺も一旗あげるからよう」

そう言って笑う孝博を千晶は冷然と無視した。孝博は構わず「見ていろ。今度の事業はきっとうまくいく」と言ってまだ昼間にも関わらず焼酎をあおった。

「これ以上、借金はしないでよ。お願いだから、母さんに苦労はかけないで」

「はは、わかっとる。お前が帰ってくる頃には、この家も土地も買い取って御殿みたいな家を建ててやるぞ」

千晶とそんなやりとりを交わした孝博は、その日のうちに行方をくらまし未だに家に帰っていない。

「いつものことよ」

晶子はポツリとつぶやいた。

孝博が大風呂敷を広げた時は、決まって家を空けることが多かったからである。

「あの人はいつも人に迷惑かけて……母さんにも苦労をかけて……わたし知っているわ。母さんには画家として成功できる凄い才能があるのに、あの人のせいでそれが邪魔されたのを！」

「……」

「母さんの絵を高く評価してくれる人がたくさんいたのに、あの人がお金のトラブルで信用を無くしたから、協力者だった人たちが母さんのもとを去ってしまったのよ！」

千晶は激しい剣幕でまくしたてた。

そんな娘の激しい気性を、母の晶子はよく知り抜いていた。だからあえて取り合わず、ただキャンバスに向かい筆を動かしているだけだった。

そしてまたポツリと言った。

「千晶の言う通りね。確かにあの人の借金がなければ母さんの人生、もう少し違っていたかもしれないね。でもねえ、千晶……」

晶子は筆を休めなかった。

「千晶のいう……成功ってなにかしら？　絵が売れること？　それで大金もちになることと？」

千晶は言葉に窮した。

「芸術ってそれだけじゃないと思うわ。母さんそういうの、言葉にするのは苦手だから、あなたにうまく伝えられないのだけど……それに……」

「……」

「売れるために画を描いて、お金儲けして……でもそれって、あなたが嫌うお父さんと何も変わらないのじゃないの？」

晶子の言葉はしかし、父に対する負の感情に支配された千晶には、正確に響くことはなかった。

ただむきになり「わたしは父さんと違う」「きっと母さんに楽をさせるから」と繰り返すだけであった。

「この家だって家賃はばかにならないじゃない。父さんが御殿とかなんとか言っていたけど、そんなたいそうなものじゃなくてもいい、せめてここを買い取るお金があれば……」

千晶の家は築三十年を下らない古い借家だった。大家は晶子の親戚である。

「千晶、買い取ったとしても固定資産税があるのよ」

晶子は笑った。

「でもいい家だからね。できれば長く住みたいわね」

晶子のアトリエは光のよく差し込む洋間を改装した部屋だった。そして画材道具と未完成の絵画がやや乱雑に積まれている。性格は几帳面で部屋の片付けや掃除を怠ることはないのだが、こと絵を描くことに関しては我を忘れて没頭する。そんな晶子の性格がこのアトリエによく現れていた。

千晶はこの母のアトリエが好きだった。

幼いころからこの部屋に慣れ親しみ、母の絵を観て育ってきた。晶子の絵は淡く色彩豊かな独特の絵画で、千晶の絵に対する感性を養うには充分な力があった。

そんなアトリエに千晶がずっと目にしてきた絵画がある。

「ねえ母さん。この絵……」

千晶が小学生の頃からここにあっただろうか？　それは海の景色である。地元幡豆から見える三河湾と海岸を模写したものだと晶子は言った。独特の色彩に彩られた海は、陽光に照らされその光が乱舞しているようでもあった。

「ああ、それ？」

晶子はキャンバスに向き合ったままである。

「昔からあるよね？　どうしてまだここに置いたままなの？」

「うん……まだ完成してないのよ」

未完成の絵画はこれまでもこのアトリエにはいくつか置いてあった。しかし出来るまでのペースに違いはあれど、遅かれ早かれ完成はさせて出品してきた。だから最近までアトリエに残っている絵画は、この海の絵だけなのである。

「気になる？」

「うん……。しばらくは家に帰らないと思うし。このアトリエも見納めになるかもしれないから……」

「何を言っているの？　せめてお盆や正月には帰ってきなさい」

やがて上京しオールズの社員になった千晶は、仕事で多忙を極めた。そしてしばらくは彼女の脳裏にあった母の「海の絵」は、いつしか忘却の彼方に消えた。彼女が再びその絵を目にするのは、数年後に帰郷した時であった。

そして千晶の東京での生活は、彼女の仕事に対する意識……絵に対する意識を激変させていったのである。

オールズに入社した千晶は「角田書房」の扉絵や挿絵の担当になった。そしてライトノベルを飾る千晶のイラストは瞬く間に評判になった。読者アンケートには、彼女の挿絵を絶賛する感想が少なからず寄せられ、それを受けて「角田書房」の編集部は「彼女のイラストが単行本の売り上げに少なからず貢献している」と評した。そんな千晶を全面的にサポートしてきたのは恭介だった。

「ごくろうさん。ほら、角田書房からだ。今月の読者アンケートにも君のイラストがいいって感想がこれだけ寄せられたよ」

千晶のマンションに恭介がアンケートを携えて訪れた。

千晶の住むマンションの一室は千晶の仕事場になっていた。机の上には筆入れがされた描きかけの作品がペンとともに無造作に置かれていた。

この一室は眺めのいい物件でもある。新宿のビル街を遠くに見渡すこともできて、その夜景を眺めると、仕事に勤しむ千晶の気分転換にもなった。

「ごめんなさい。ごらんの通りまだできてないの」

千晶は両手を前で合わせ、バツの悪そうな顔で恭介を迎えた。

職場では完成しなかった仕事の持ち込みである。納期は来週に迫っていた。しかし千晶のイメージするものとはまだほど遠い。だから休日も惜しんで仕事に励んでいるのである。

「今日はそんな用事できたわけじゃないよ。イラストは締め切りに間に合えばいいんだから」

恭介は笑った。

「コーヒーを貰える？」

「どうぞ。奥にあるから」

そう言うと千晶はイラストに向き合い、ペンを動かす。恭介はまるで勝手知った我が家のように奥の台所でコーヒーメーカーを動かした。

「君も飲む?」

「わたしはいいわ。さっき飲んだから」

やがてコーヒーメーカーの動く音が響き、室内にコーヒーの香りが漂った。

「……なあ千晶」

恭介の呼ぶ声が聞こえた。

「もう五年になるんだな」

千晶は恭介の言葉に苦笑いをした。

「わたしたちが付き合って……ということ?」

「ぼくが言いたいのは、君が東京に来て五年か……ということだよ」

コーヒーメーカーの豆を挽く音が止まり、やがてお湯が「コポコポ」と音を立て始めた。

「なあ千晶」

「なに?」

「そろそろ、僕らも結婚しないか?」

千晶は筆を止めた。

「随分、あっけらかんとしたプロポーズね」

千晶は台所の恭介を見やり皮肉な言葉を返した。

「高級レストランで食事して、頃合いを見計らって婚約指輪……そうしてほしかった？」

「ふふ。そんなの恭介には似合わないわよ。きっと吹き出しちゃう」

恭介は真剣な面持ちで千晶を見つめている。

オールズで共に仕事をするようになり、必然的に二人はつき合うようになった。それから五年の月日が経過している。恭介が千晶に結婚を申し込んだのも、時期からして当然のことであった。

「なあ、考えてくれないか？」

千晶は作品に向き直り、また創作を再開した。そんな千晶に恭介はやや不安げな表情を浮かべたが、なおも言い募った。

「僕らが一緒になれば、僕は君を全面的にバックアップできる。これからも僕は君の力になりたいし、二人でオールズを盛り上げていきたいんだ」

しばらく千晶は沈黙した。そしてポツリと言った。

「あなたって、話をするといつもオールズのことを言うよね？」

恭介は心外な顔をした。

「あたりまえだろ。僕はオールズの社員だ」

千晶は再び筆を止め、ややうつむき加減になった。そして溜息をついた。

「ねえ、恭介。もしわたしとオールズどちらかを選ばなければならないとしたら、あなたはどちらを選ぶの？」

恭介は戸惑いを隠せない表情で千晶を見つめた。

「何を言っているの？　そんなの選べるわけがない」

千晶はまた溜息をついた。

「冗談よ」

そしてまた筆を動かし創作に勤しんだ。

千晶の仕事は多忙を極めている。

彼女の生み出す作品のほとんどは高く評価された。この五年の間、千晶はオールズや「角田書房」を取り巻く編集者、作家、そして読者の間で、時の人となっていたのである。

そしてそれが彼女の中で、恭介からのプロポーズに微妙な影響を及ぼしていた。

「恭介、考えさせて。まだあなたには言ってないけど、わたしも考えていることがあるのよ」

「考えていること？　何を？」

「時期がきたら言うわ」

そして千晶はひたすらペンを動かした。そんな千晶の後ろ姿を恭介は、ただ黙って見つめるだけであった。

「独立？」

恭介は呆気にとられた。

「そうよ。それで相談だけど。あなたにわたしの仕事を手伝ってほしいの」

そう言うと千晶はコーヒーカップに口をつけ、恭介の顔をまじまじと見つめた。

「僕にオールズを辞めろというのか？」

「あなたの力が必要なのよ」

恭介が千晶にプロポーズをしてから、二ヶ月ほどが過ぎていた。

そこは都内のある喫茶店だった。

オールズ本社からは駅三つほど離れた場所にあり、昼食時ではオールズの社員に出くわすことはまずない。千晶はそこに恭介を誘い、ランチを済ませたあとのコーヒータイムでかねてからの計画を彼に打ち明けたのである。

「君のイラストは確かに好評だ。でもたかだか五年のキャリアしかない君がフリーランスになるのは自殺行為だよ。この世界、そんなに甘いものじゃない」

店内には洋楽が流れていた。それは千晶もよく聴くカーペンターズだった。

「オールズは君にとって唯一の拠り所だろ？　そこを失ったら君は、東京では生きていけないよ」

「今はそうよ。でもオールズを辞めれば、わたしを縛るものはないし、マーケットを広げるのもわたし次第。最初は苦労するかもしれないけど、わたしのイラストを評価してくれる人は決して少なくないし、固定客はいくらでもつくわ」

恭介はやや呆れた面持ちで千晶を見つめた。

〝とても付き合いきれない〟そんな気持ちが顔にありありと出ている。しかし千晶は引き下がらなかった。

「オールズを辞めてとは言わない。ただあなたは人脈が豊富だから、いろいろな出版社とかを紹介してほしいのよ」

「つまりは僕が開拓してきたオールズのお得意先を、君は横取りしたいというわけだ。それで僕にその片棒を担げと」

恭介は不快な顔を露わにしてソッポを向いた。

千晶は思わず下を向いてうつむいた。自分の浅はかさに気付き恥入ったのである。

「ごめんなさい。そんなつもりじゃなくて……」

しばらく沈黙が続いた。

運ばれてきた当初は香りとともに湯気の立つ熱いコーヒーだったが、今は跡形もなく冷めきっている。

恭介はため息をついた。

「僕は君の才能はとても素晴らしいと思っている。それはこれからも伸びていくだろうし、いつかはきっと売れるイラストレーターになるに違いないと思うよ。君の絵を一目見た時からそう思ったし、だからオールズにデザイナーとして君を引き入れたんだ。でも独立するとなると話は違ってくる……」

「……」

「僕はオールズの社員として会社愛があるんだ。君がオールズを抜けるとなると会社にとって大きな損失になる。君の独立は看過できないな。いくら……」

恭介は腕を組み、またため息をつきうつむいた。

「いくら君が僕の大事な恋人だとしてもね」

また沈黙が続いた。

店内を流れるカーペンターズのＢＧＭが虚しく響く。

「……わかったわ」

先に口を開いたのは千晶だった。

「あなたを巻き込もうとしたのは間違いだった。それはごめんなさい。でも……」

千晶は下を向いたままである。彼女の表情は黒髪に隠れ窺い知ることはできない。

「わたしは独立する」

千晶の言葉に恭介は色を失った。その声音にはもはや誰の言葉も聞く耳は持たない、そんな彼女の断固たる決意が現れていた。

「……勝手にすればいい」

恭介は席を立った。

喫茶店のドアがカランと音を立て、閉まるのに時間はかからなかった。

店内にはカレン・カーペンターの美声がハーモニーを奏でている。千晶の寂寥とした胸の内にそれは虚しく響くだけであった。

「千晶、すぐに帰ってこい」

孝博から電話があったのはお盆の前、夏も暑い盛りの頃だった。

「母さんが倒れた。病院に二〜三日入っていたんだが……。今は自宅で療養している」

千晶は仰天した。

「どうしてもっと早く知らせてくれなかったの？」

「仕事でバタバタしていたんだ。仕方ないだろ」

そして千晶は、その日のうちに新幹線に乗り込み、夜には実家に戻ったのである。

「お母さん、具合はどう？」

帰郷した千晶は、晶子の額に手をやり心配そうに覗き込んだ。

「うん……ちょっと無理してねえ……」

やつれた表情だった。顔も青白い。ただ娘を見る彼女の眼差しは優しかった。

しかし父の姿は見えない。

「あの人から連絡があったの？」

晶子は身を起こした。

「千晶。あれ」

そう言って晶子は、アトリエのほうを指さした。

そこにはあの未完成の海の絵があった。

「千晶も気になっていたんでしょ？　あの絵、こんどこそ完成させて出品するから」

その絵を目にした時、千晶は小さく「あっ」と叫んだ。

独特の色彩に彩られ、光が淡く乱舞する海。いままで描かれていたのはそれだけだった。しかし今、千晶が目にしたその絵画は、より色彩が豊かになり、海の輝きも増している。そして海辺に砂浜が広がり伸びる人影が三つ。数年ぶりに筆の進んだその絵は、千晶が見慣れた絵とはもはや別の作品であった。

「驚いた？」

晶子はやつれた笑顔を千晶に向けた。

「どうして？」

千晶の視線が絵と母の顔を行き来する。十年以上変わることがなかったそのキャンバスの世界を、これほど激変させた母の心境は不可解であった。

「海光る」

晶子はつぶやいた。

「この作品にぴったりの名前でしょ？　でも……」

「……？」

「まだ完成じゃない」

晶子は遠くを見るような視線でその作品を見つめている。

「でも母さん、この絵を描くのに無理をして……それだけで倒れたというの？」

千晶はにわかには信じられなかった。

「うん……」

晶子は言い淀んだ。

「父さんからは、何も聞いてないの？」

「母さんが倒れたからすぐに帰ってこいって……それだけよ」

晶子はまだ絵を見つめている。どこか視点の定まっていない瞳に千晶は胸騒ぎを覚えた。

言いづらいことがあれば、晶子はいつもそうなのである。

やがて意を決したように晶子は口を開いた。

「母さんね……癌なのよ」

千晶は顔から血が引いていくのを覚えた。

「……いつから？」

「倒れてからわかったの。病院で精密検査をして。もう手遅れみたい」

肝臓や膵臓などに転移しているらしい。とても無理のできる体ではなかった。

「以前からおかしいとは思っていたけど……住民健診なんてほとんど受けてこなかったからね。自己管理を怠った罰があたったのね」

晶子は寂しげに笑った。そんな母にかける言葉は千晶にはなかった。ただ力なく傍にある椅子に座りこむだけだった。

「他には？　医者はなんて言っているの？」

晶子は大きく息を吸い込んだ。

「持って一ヶ月」

それは溜息に近かった。その声音は千晶にとって、母の絶望が胸に突き刺さるように感じた。

「父さんはなぜわたしに言わなかったの？」

千晶の声が震える。彼女に込み上げてきたのは怒りだった。

「しかもこんな時に！　あの人はどこに行ったのよ！」

千晶は苛立たしげに声を荒げた。

本来なら彼女の横にいなければならない孝博が、ここにいないのはどういうことなのか？母がこんな風になっても傍にいることすらできないのか？　情けない気持ちになり、そのやり場のない感情を叩きつけるように、手持ちのバッグを床に投げつけた。

「電話では話しづらかったのよ。大丈夫、父さんは今ちょっと出ているだけだから。そのうちに帰ってくるわ」

晶子は千晶をなだめた。

「お母さんは人が良すぎるわ。叔母さんから聞いているのよ。少し前にあの人またお金を借りにきたって。新しく始めたことなんてうまくいってないのよ！」

千晶の怒りは収まらない。

「あの人、最近は飲み歩いてばかりいるそうじゃない！　お母さんに気苦労ばかりかけて、本人は気楽なものよ！」

やがて玄関の開く音がした。そして孝博の声が聞こえる。

「千晶、帰ったのか？」

父の声のトーンは明らかにおかしい。千晶は無言で椅子を立つと玄関に向かった。

孝博は土間に座り靴を脱いでいた。その頬は赤らみ、視点の定まらない目で千晶を見上げている。

「千晶、いるなら返事しろ。帰ってきて早々、ずいぶん無愛想じゃねえか？」

口を開くたびに酒の匂いが鼻をついた。靴を脱ぎ終えて土間にあがった孝博の足取りはあやしい。やがて足を絡ませて、その場に膝をついてしまった。

再び立ち上がろうとするが、足元がおぼつかないのかうまく立てない。

「千晶、起こしてくれ」

無造作に孝博は千晶に手を伸ばした。

千晶は無反応だった。ただ冷然と孝博を見下ろしているだけである。

「おい千晶？」

突然、千晶は拳をふりあげ孝博の頭を叩いた。そして左右交互に続けざま殴る。孝博は驚いて仰向けになり、必死で腕を使いカバーした。

「なにしやがる！」

孝博の怒声が響いた。

千晶は金切り声で叫び、なおも孝博を叩き続けた。

「どうして！　どうしてよ！」

ゴツゴツと鈍い音が響く。千晶の華奢な腕や拳は、その負荷に耐えきれず悲鳴をあげているはずだが、彼女の勢いが止まることはなかった。

孝博は振り上げた千晶の拳を交互に掴んだ。そして猛獣のように暴れる娘を組み敷いてその頬を張った。

「いいかげんにしろ！」

孝博は一喝したが、千晶はなおも食い下がった。そして涙目を血走らせて、下から孝博の頬を殴った。

二人の荒い息使いが玄関を支配した。千晶の両手は赤く腫れ上がり血も滲んでいる。孝博はおもむろに千晶の手を掴むと擦り切れたその手を擦った。

千晶は鋭い動作でその手を振りほどきソッポを向く。

「へっ！」

孝博はフラフラと立ち上がった。

「酔いが醒めたわ」

そう言い捨てると孝博は、ノロノロと自室のある廊下の突き当たりに向かう。

「母さんがこんな時に！　何考えているのよ！」

父の背中に投げつけた声は、ただ虚しく廊下に響くだけだった。

晶子はその年の秋に亡くなった。

晶子の葬儀が終わると千晶は、部屋に籠り焼酎をあおる孝博の自室に赴いた。そして背中越しに冷然とした言葉を浴びせた。

「もうこの家には帰らないから」

孝博は沈黙したままである。ただ静かに焼酎の入ったコップをちびちびと口に運ぶだけであった。

「母さんがこんなことになるまであなた何をやっていたの？　また借金を増やして……」

「……」

「母さんが死んだのはあなたのせいよ！　わたしは絶対にあなたを許さない！」

千晶の激しい口調にも孝博は振り向きもせず、ただ焼酎をあおり続けていた。その後ろ姿には晶子の死に対する落胆の色合いも濃く現れている。しかし千晶は部屋の引き戸をピシャリと閉めると、冷徹な足音を廊下に響かせた。

そして彼女が晶子のアトリエに入る気配を感じると孝博は、ややうつむき加減になった。そしてなお焼酎をあおり続けた。

母の遺作「海光る」はアトリエに入る陽射しに照らされ、より一層その海の輝きを増している。しかし千晶には憂いを帯び、寂しげな色合いを湛えた海にしか見えなかった。

千晶はその絵の前で顔を覆い、さめざめと声を上げて泣いた。

そして膝を折り、その絵に懺悔するような形で何度も「母さん」と声を上げて呻いた。

アトリエの窓は少し開いていた。やがて冷えた風と共に一枚の枯れ葉が舞い、千晶の膝もとに降りる。

冬は間近だった。


夜の帳が降り、窓には、遠く無数の光に彩られる新宿の高層ビル街が、模写されたイラストのように無数に佇んでいた。アトリエで千晶が向かい合っているのは、新作のイラストである。昼間には真っ白だったキャンバスは今、ライトに照らされて淡く彩り豊かな輝きを放っていた。都内の広告代理店から依頼されたものだが、まだ千晶のイメージする世界とはほど遠い。街路樹の下、舞う木枯らし、そして身を屈めながらも和気あいあいと歩く若い男女。大手デパートが冬用の衣類などを宣伝する広告に使われるらしいが、その依頼を受けて千晶の脳裏に浮かんだのがそのイメージであった。

煮詰まった千晶は伸びを入れた。そしてコーヒーを入れようと立ち上がった時である。

携帯電話が鳴り響いた。

ディスプレイを見ると、恭介からだった。

「珍しいわね？　あなたから連絡してくるなんて」

千晶は淡々とした口調で対応した。ただその瞳には嬉々とした色合いも見える。

オールズを辞め、母晶子が亡くなって三ヶ月が経過しようとしていた。

自宅を事務所とアトリエに改装した千晶は、都内の出版社など様々な業種でイラストの需要のありそうな会社をまわった。

知名度のない千晶が、唯一頼みにするのは己の足だけである。

角田書房と競い合う、大手出版社での千晶のイラストは認知度が高かった。しかしどこも専属の広告代理店と契約しているため、そのなかで仕事をとるのは困難だった。

「橋本先生のイラストはいつも拝見しております。独立なされたのですね。せっかくの申入れですので、当社でも先生のイラストを活用する機会がございましたら、いずれ連絡を差し上げたいと思います」

体のよい断り文句である。

最初は色よい返事と期待した千晶だったが、どこへ行っても同じような言葉を聞かされた。それが社交辞令と気付いたあとは、そのような対応をされるたびに肩を落とした。

ゲーム業界や大手百貨店などでは、キャリアのなさがそのままネックになった。出版業界では知名度はあっても業種が変わるとまるで対応が違った。

門前払いというわけではないが、広告デザインの担当者に繋ぐことができないのである。

千晶のイラストが載った角田書房の単行本を受け付けの事務員に見せて、取り次いでもらうという手もあるのだが、角田書房と契約するオールズを辞めた身で、そんな不条理なことはできなかった。

ただ千晶のイラストを扉絵として活用した単行本は、それなりに売れ行きのある本だった。

その画風を目にした人はけして少なくはなく、角田書房のユーザーにはしっかり認知はされていた。そのため千晶のイラスト入りの名刺を見て、うなずく若い事務員も少なからずはいたのである。

「わたし千晶先生のイラスト入りの本何冊か持っていますよ。先生の絵は素敵ですね。わたし上司にきちんと話してみます」

こうして何件かは仕事の話が進み、僅かながらも契約を取ることができた。

千晶の仕事は今、少しずつだが、まわりはじめたのである。

ただ事務所の維持費など、必要経費を賄うのに銀行からの借り入れも多い。まだ黒字経営と胸は張れない。

「仕事はどう?」

久しぶりに聞く恭介の声に、千晶はホッとするものを覚えた。

「うん……順調よ」

強がりだった。しかし恭介に弱音は吐けなかった。

「そうか。なによりだ」

「おかげさまで。背中を押してくれたあなたには感謝しているわ」

恭介に対する痛烈な皮肉だった。しかし携帯電話の向こう側に動揺は読み取れない。

「あの時は悪かったよ」

恭介の声は神妙だった。

「気にしてないわ。あなたこそ元気にしているの？」

「まあ君ほどじゃないけど」

「仕事は？」

「順調さ」

互いの気持ちを確かめるように片言の会話が続いた。

「実は……母さんが亡くなったわ」

「そうか。君はお母さんを尊敬していたし。つらいよな」

「今は平気よ」

窓の外では新宿の夜景が煌めいている。それをながめながら、恭介とこんな会話をしたのも久々だった。以前はそれが日課のようなものだった。

「なあ、千晶。近々会わないか？」

そう言う恭介の言葉にはためらいの色があった。

「いいわ。でも……正直言うとわたし、それほど順調というわけじゃないのよ。仕事は少しずつ貰ってはいるけど、まだ出費のほうが多いくらいだから」

「一分一秒も無駄にできない……そういうことだね」

受話器の向こう側から恭介の溜息がもれた。

「よかったら、いくつか仕事がある。君が気に入るかはわからないけど」

「恭介？」

彼の意外な言葉に、千晶の瞳は驚きの色が強くなった。

「でも……あなた？」

「みくびるなよ。僕がその気になれば仕事の契約なんていつでも取ってくることができるんだ。ほかにも依頼はあるから、本社には別の仕事を持っていくだけさ」

千晶は新宿の夜景を見ながら、恭介の心境の変化に戸惑いを覚えた。

「どうして？」

「君のことが心配だからさ。悪いかい？」

「でもあの時はあんなに拒んだじゃない？」

「思い直したんだよ」

恭介のぶっきらぼうなもの言いは相変わらずである。少しムッとした気持ちになり、携帯を閉じたくなったが思い止まった。

「わかったわ。わたしも忙しいけど今度会いましょう。また連絡をちょうだい。それじゃわたし仕事が詰まっているから」

携帯を折り畳んだ千晶は、再び筆をとった。

気持ちがイライラしてくる。

仕事を軌道に乗せるまで、自分がどれだけ苦労したか？　あの時、頼りにしたのに！　支えになってくれなかったばかりか、今まで連絡も寄こさず……なにを今さら！

むしゃくしゃした気持ちが筆の走りを阻害する。千晶は気持ちを落ち着けるため立ち上がり、コーヒーメーカーに手を伸ばした。

その時また携帯電話が鳴った。

ディスプレイを見た千晶の顔が再び強ばった。

父の孝博からである。

この虫の居所が悪い時に！　なんという間の悪さだろう！

千晶は乱暴に携帯を開いた。

「なんの用？　お金の無心？　おばさんから借りられなかったから、今度はわたしというわけね」

「挨拶じゃねえか。あいにくだが仕事は順調だ。お前の世話になるほどじゃねえ」

孝博の返事はしかし、千晶には強がりに聞こえた。

「電話はしてこないでって言ったでしょ？」

「いやなら出なきゃいいじゃねえか？　お前の携帯の……アドレスから消すとかよ」

「……」

千晶は沈黙した。

「元気ならいいんだよ。俺も順調だからな。儲け話があちこちに転がっててよう。ところでな千晶」

孝博は言葉を区切る。

千晶の眉間がにわかに険しくなる。千晶には、次に孝博が何を言い出すか？　ある程度の予想はついているのだ。

「いいか、誰にも言うなよ。とっておきの話があるんだ。おまえも一枚かまねえか?」

案の定である。

「これはまだ誰にも言ってない。お前だけに話すことだからな。これが成功すればお前にとっても損はない……」

「相変わらずね! そんな話、聞きたくもない!」

千晶は容赦のない声で孝博の話を遮った。

「話はそれだけ? 忙しいからもう切るわ」

「待てよ! 千晶……」

千晶は冷然と携帯を閉じた。

そして椅子に座り溜息をつく。

閉じた携帯をしばらく見つめ、また溜息をつくと、それをおもむろに机の上に放った。

いくらあの孝博でも母の死は堪えているはずなのに……まるで変わっていない。

千晶は棚にあるブランディーとグラスを引き寄せ、なみなみと注いだ。

星空のような新宿の夜景が、今は虚しい絵画に見える。

今夜は眠れそうになかった。


事務所とアトリエを兼ねるこの部屋は陽光がよく差し込み、その日の天気、時間帯によって様々な顔をのぞかせる。今、この部屋を支配しているのは黄色の陽の光だった。

千晶は窓際に寄り、夕日を反射してオレンジ色に輝く新宿のビル群を見つめた。

電話が鳴り響いたのは、そんな黄昏時だった。

「橋本さんですか？」

歳は中年ぐらいか？　落ち着いた男性の声である。

「はい。お仕事の依頼ですか？」

千晶は努めて明るい声音で対応した。初めての依頼なら、相手の心証を悪くしてはならない。無愛想なのを自覚している千晶がそれなりに気をつけていることだった。

「初めまして。わたしは鎌谷と申します。以前、あなたのイラストでお世話になった角田書房で本を書いているものです」

千晶は思わず言葉を失った。

「ミステリー作家の？　鎌谷修治先生ですか？」

「まあミステリーも書いています。わたしを知っていてくださって光栄ですよ」

角田書房に少なからず関わっていた人間なら、鎌谷修治の名を知らない者はいない。同社を代表する売れっ子の作家である。

「お電話したのは、短刀直入に言いますと、今度、新作を出版するのですが、それにぜひあなたにイラストを描いてほしいということなのです。詳しいことはまた後日、あなたを我が家にお招きしたうえでお話しがしたい。ご都合はいかがでしょうか？」

千晶は返答に窮した。

「女性を突然、自宅に招待するのは失礼ですかな？　ではいいレストランを知っています。新宿ですが、あなたもきっと気に入っていただけますよ。まずはそこでお食事でもいたしましょう。いかがですか？」

千晶は混乱した頭を整理するのに精一杯だった。

まずは著名な作家より自分に仕事の依頼がきたことの驚き。そして強引なまでのアプローチである。言葉を失うのは当然のことだった。

「あの……鎌谷先生。失礼ではございませんわ。むしろ、わたくしごときにお仕事を依頼していただいて光栄なことです。ぜひお宅に伺いたいと思います。わたくしとしては、来週の木曜日でしたらスケジュールも空いていますが、先生のご都合は？」

「問題ありません。あなたの噂はよく耳にしていますよ。お会いできるのが楽しみだ」

鎌谷は自宅の住所、連絡先を千晶に伝え「念のため自宅の地図をファックスで送ります」と言って電話を切った。

鎌谷の声が途切れると千晶は受話器を置いた。

「フウ」と息をついて千晶は作業机に座り、納期が迫っているイラストの制作にかかった。そして筆を動かしながら思案する。

オールズに勤めていたころは確かに「角田書房」で発刊される単行本の挿絵を手掛ける仕事が多く、一定の評価はあった。鎌谷が千晶のイラストについて、その評判を聞いていることに不思議はない。ただ、出版社からの依頼ならともかく、作家が直々に依頼してくるとはどういうことだろう？　そのあたりのことは後日、本人に直接聞くとして、千晶には今一つ懸念があった。

「角田書房」と直接デザインの契約をしているのはオールズである。オールズを一方的に退社した千晶としては、「角田書房」が関係する仕事にはためらいを覚えた。オールズへの会社愛に満ちた恭介の顔がどうしても頭から離れない。

ただ、千晶が手掛けた「角田書房」の仕事は、発行部数が数百部から数千部程度のライトノベルの挿絵が主だった。しかし売れっ子作家の鎌谷ともなると桁が違う。千晶にとっては名を売る大きなチャンスには違いなかった。

やがて夕闇が都内を覆い、部屋にライトを灯し始めた頃である。

今度は携帯が鳴った。

叔母の芳子である。ここ最近はご無沙汰の相手だった。

「千晶？　おばさんだけどわかる？」

千晶は破顔した。

「お久しぶり。おばさんから連絡してくるなんて。なにかあったの？」

芳子は孝博の妹である。孝博とは違い、堅実な性格で面倒見もよかった。孝博の生き方には千晶同様、苦々しい想いを抱いている。父方の親族の中では一番親しい間柄で、孝博を庇うことの多かった晶子と違い、その不満を共有できる唯一の相手でもあった。

「あの人が何かやらかしたの？」

大方、孝博のことだろう。また借金をして芳子に泣きついたのか？　もしそうなら、縁を切ったとはいえ知らない顔はできない。

「あの人にお金を貸したんでしょ？　いくら？」

「うん……そうじゃないのよ」

芳子は口ごもった。

「兄さんね、入院したのよ。とりあえず、あなたには連絡しておこうと思って」

千晶はイラストに視線を移し、止めていた手を動かした。その冷然とした瞳には鋭利な光が宿っている。

「どうして入院したの？」

「また脳梗塞よ。取引先で倒れたらしくて。主治医の話だと命は取り留めたけど、ややもすれば危うかったかもしれないって。この前も一度倒れているでしょ？　これで二回目だわ」

「え？　でも前に電話があったわ。いい儲け話があるとか言って持ちかけてきた。もちろん断ったけど」

芳子の溜息の漏れる音が電話越しに響いた。

「よくなりかけてはいたのよ。おとなしくしてればいいのに……。とりあえず病室で安静にはしているけど、機能に障害が残るかもしれない」

千晶の沈黙が続いた。ただ筆だけは休まず動かし続けていた。

千晶の様子やその心境は、携帯電話の向こうで芳子にも充分伝わったのか？　以前、孝博が倒れた時も連絡をしてきたのは芳子だった。その時と変わらない会話に、叔母の諦観にも似た気持ちが電話越しに伝わってきた。

「一応連絡したからね。入院先は市民病院だから。また兄さんの病状に変化があったら連絡するわ」

千晶の携帯電話は静かに切れた。

やがて夜の帳が降り、新宿の摩天楼が煌々と無数の煌めきを放ち始める。千晶はただひたすら筆を動かしていた。そしてしばらくはそれが止まることはなかった。

やがて三日後、千晶は事務所の近くにあるカフェで恭介と再会した。

日当たりのよい場所にあり、千晶も仕事が暇な時には、読書をしながらお茶にくる店だった。

「いい店だね」

コーヒーが運ばれてくると、恭介は店内を見渡した。白塗りの壁が陽の光を反射して店内をより明るい雰囲気にしている。

「気に入った？　けっこう穴場でしょ？」

この界隈に引っ越しをした時、散歩をして見つけた店である。店内のスタイリッシュなデザインも気に入って一時期は毎日のように通ったものだった。聞けば、そのデザインを手掛けた人は、千晶も耳にしたことのある有名なデザイナーだった。

頃合いを見計らって恭介は、一枚のメモ用紙を千晶に差し出した。

「大手デパート、書店、販売店……いくつかある。全部広告などイラスト関係の仕事ばかりだ。君がやりたいのを選べばいい。あとは俺が仲介する」

千晶は恭介の顔を覗き込んだ。

「いいの？」

「これくらいしか君の力にはなれないけどな」

恭介は笑った。

「俺は情けない奴だよ。オールズ第一で生きてきたからな。君みたいに自分の足で立って走ることなんてできやしない」

自嘲気味な恭介にたいして千晶は言葉が見つからない。

「気にしていたの？」

「なにが？」

「わたしとオールズどっちを選ぶの？　みたいなこと聞いたことがあるじゃない」

恭介はコーヒーに口をつけた。

「まさか」

千晶は恭介のメモにざっと目を通した。金額的には幅はあるが、納期や他の仕事との兼ね合いを考えると、選択にも慎重さを要するように思えた。

「君の選んだ仕事以外はもちろん本社に回す。いいか、これは他言無用だからな」

「うん……でも本当に大丈夫？」

「営業成績さえ上げていれば、本社に対して何も問題ない。それに君には悪いが、これらは大した仕事じゃないし、気にするなよ」

そう言って恭介は笑い、コーヒーカップを口につけた。

「ありがとう。恭介」

千晶は微笑んだ。

イラストレーターとして自立する、そして亡き母の無念の想いを晴らす。それが千晶が東京に出てきた理由だった。しかし一人では心細くもあった。そんな中、一度は決別した恭介が自分の支えになってくれたのである。これ以上の励みはなかった。

これからも一層、仕事を励まなくてはならない。千晶は心からそう思った。

その時……千晶は異様な感覚に陥った。目眩にも近い。頭の奥に何かが詰まっているような感じがして、しかも身体の力が抜けていく。そして目の前の恭介がどこか遠くにいるような気がする。

「？　どうした？」

恭介が千晶の異変に気付き、顔を覗き込んだ。

「うん……大丈夫。最近忙しかったから。疲れているのよ」

千晶は笑った。

そして彼女はその異変を深刻にとらえることはなかった。仕事にようやく展望が見えてきたのだ。こんなことなど気にはしていられない。元気をだして仕事に勤しめば、こんな疲れなどすぐに吹き飛ぶだろう。

そう千晶は気にしなかった。

少なくともその時は……。


「千晶、一度帰ってきてくれないかしら？」

芳子から再度、連絡が入ったのは、それから一週間後のことだった。

「兄さん、かなり悪いわ。会話もできないし、わたしの顔もわからないみたいだし。症状が落ち着かないから当面は病院を出されることはないけど、その後のことが……。放ってはおけないから施設に入れることになるとは思うけど……」

芳子は溜息をついた。

「申請しても、施設が少ない上にどこもいっぱいだからいつ入れることか……。それまであなたに面倒を看てほしいとまでは言わないけど、今後のこともあるから……」

千晶は沈黙した。

孝博と縁を切ったつもりでいたが、親族に迷惑をかけるのは本意ではない。

「わかったわ。おばさんだけに苦労はかけられない」

帰省した千晶は蒲郡にある芳子の家を訪れた。

「お帰り」

夫の修と玄関で出迎えた芳子は微笑んだ。

「仕事で忙しかったただろうに。悪いねえ千晶ちゃん」

修も微笑みながら千晶を客間に誘った。

「千晶、実はね……」

芳子は神妙な顔つきで千晶の顔を見つめた。

「病気のこともそうなんだけど、兄さんまたかなり借金をしているみたいなのよ」

芳子の話では複数の業者で借入があるらしく、総額二千万は下らないだろうということだった。

千晶は目の前が暗くなり血の気の引く思いがした。

「……おばさん」

やっとの思いでそう言葉を発し、芳子の顔を見つめる。

「借金については弁護士の方とも相談するけど、支払については、わたしたちだけの力ではとても無理だわ」

芳子は溜息をついた。

そんな芳子を見やり、修は気の毒そうな顔を千晶に向ける。

「それで相談なんだが、千晶ちゃん。兄さんが施設に入るまでは、わたしたちで面倒を看ようと思う。でも借金については……」

千晶が断る余地などあるはずもなかった。

「わかりました。ご迷惑をおかけします。あの人の療養費や借金についてはわたしが全部責任を持ちますから」

修は慌てて両手を振った。

「無理することはないよ、千晶ちゃん。全額なんて言わない。ほんの少しだけでも肩代わりしてくれればと思っただけなんだ」

千晶はかぶりを振った。

「叔父さんや叔母さんにもうこれ以上迷惑はかけられない。いままであの人が叔母さんたちにどれだけ迷惑をかけてきたか、わたし知っているわ。すぐは無理だけど、これまで叔母さんたちから借りたお金も全部返していきます」

「千晶、それはいいのよ。借したなんて思ってないから」

芳子はかぶりを振った。

「心配しないで、叔母さん。わたし今はすごく仕事が順調だから。お金のことなんて大したことないから。でも……」

千晶はうつむいた。

「あの人が施設に入るまでのことは……それだけは……お願いします」

千晶は膝の上に乗せた拳を震わせている。そんな彼女の様子を見て、芳子と修は思わず顔を見合わせた。

「ああ、もちろんそれは心配ない。でも……」

修は言葉を切り、また心配げな表情で千晶を見つめる。

「ごめんなさい。あの人の顔だけはどうしても見たくない。必要なことがあれば援助します。でも……あの人の顔を見るのは死んでもいやです」

千晶はなおも拳を固く握りしめた。

芳子は千晶の肩を揺すり、彼女に呼びかけた。

「ねえ千晶。あなたは兄さんとは縁を切ったつもりかもしれないけど、兄さんがどうなろうとあなたの父さんには変わらないのよ」

千晶は沈黙したままである。

「お願い、千晶。せめて病院に行って兄さんの顔だけは見てあげて。お願いだから……」

千晶は顔を上げ、思わず芳子を見つめた。

「おばさん？」

芳子の瞳からキラリと光るものが零れ落ちている。孝博のからんだ話でこんな芳子の姿は見たこともなかった。

「お願い……千晶。お願いだから……」

しかし千晶の心は動かなかった。彼女はただそれが意識せずとも、氷のように固く閉ざされているのを自覚していた。だから芳子の不可解な様子を、ただ不思議な面持ちで見つめることしかできなかったのである。

その夜、誰もいない自宅に帰った千晶は、母のアトリエで佇んでいた。

月明かりが母の遺作「海光る」を照らしている。

淡いパステルカラーのような色に彩られた海は、今は暗い深海のようである。新たに描かれた白い砂浜だけは青白い。そしてその白砂に伸びる影は今にも動き出し、砂浜の果てに消えていくような錯覚を覚えた。

遠い幼い日、春夏秋冬を問わず晴れた日には、父孝博と母晶子に連れられ幡豆の海岸で貝殻を拾い沈む夕日を眺めた。あの日々の懐かしさを母は、この絵に込めたのだろうか？

それについて生前の晶子は、ついに明かすことはなかった。

白浜に描かれた三つの影は、絵画の上のほうに伸びている。

ふと千晶は、この絵に妙な違和感を覚えた。

三つの影は、その形と大きさはまちまちだが、それは人影であり人間を描いたものに違いはなかった。

千晶は、この絵が自分の小さい頃に両親二人と幡豆の海辺を歩いた、あの時のことを描いたものだと考えていた。今はもう戻らないあの日々を懐かしむように……。

なら影の一つは、幼い千晶で他の影に比べて、かなり小さくなければ説明がつかない。

千晶はじっと「海光る」を凝視した。そして絵に込めた想いを読み解くように思考を巡らす。

そしてひとつの答えにいきついた時、千晶は目を閉じた。

そのあと小さな声で「母さん」とつぶやいた。

少しだけ開いた窓から夜風がかすかに吹き抜ける。そして千晶の黒髪をわずかに揺らす。

月光は煌々とアトリエを照らし続けている。そしてそれは永遠の時を刻むように千晶と「海光る」を包みこんでいた。


千晶が鎌谷の家を訪れたのは、東京に戻ってすぐのことだった。

「ようこそ。まあ、おあがりください」

「わたしのような者をお招きいただいて。恐縮です」

鎌谷の自宅はまだ真新しい木造の家で、檜の香が千晶の鼻をくすぐった。

「立派なお宅ですね」

「三年前に建てたんです。おかげさまで、自作の売り上げも好調ですからねえ」

やはり売れている作家はこうも違うのか？

千晶は以前、千晶のイラストが表紙を飾る、ライトノベルの作家と角田書房で打ち合わせをしたことがある。その作家は若かったが、古いジャージ姿でいかにも貧乏臭かった。

作家としてはまだ駆け出しで今後、大化けするかもしれない。しかし、同じ作家でも目の前の鎌谷は明らかに次元が違った。

「橋本さんのイラストは角田書房では評判ですよ。あなたがオールズを辞めてしまったから編集者は落胆していました。わたしもあなたのイラストは素晴らしいと思います」

「ありがとうございます。でもわたしはまだ駆け出しにすぎませんから」

千晶は謙遜して、はにかんだ笑顔を浮かべた。

庭のよく見える自室に通されると鎌谷は、千晶にソファーに座るよう促した。

やがて年配の女性が、楚々と澄ました顔で二人分のコーヒーを運んできた。ロールケーキも添えてある。女性が会釈をして部屋を後にすると、千晶もかしこまって会釈を返した。

「奥様ですか?」

「いや家政婦ですよ。こんな年になったが、わたしは未だに妻帯していません」

鎌谷は人好きのする笑顔を千晶に向けた。

なぜか引き込まれてしまいそうになる笑顔である。千晶はやや戸惑いを覚えた。

「鎌谷さん。ご用件というのは?」

「ああ、その話でしたね」

鎌谷はコーヒーカップに口をつけて、一口飲んだ。

「私ごとになって恐縮なんですが……実はね、潮音社からも、作品を書いてくれと依頼されているんです」

「潮音社から?」

角田書房とならぶ大手出版社の名である。

鎌谷は真剣な面持ちになった。

「わたしは今新しい小説を書いています。詳しい内容は言えませんが、ミステリーとは違う新しいジャンルの小説です。しかし角田書房から改変の要求が多くてね。少しのことならわたしも承服しますが、作風を構成する大事な部分まで口を出してくるものだから、わたしも我慢ができなくなりました。それから、あるきっかけで潮音社の編集者とお会いする機会があって、作品を見てもらったんです」

鎌谷はまたコーヒーを口に運んだ。そして「冷めないうちにどうぞ」と千晶に促した。

「いえお構いなく」

千晶は軽く頭を下げただけだった。

「潮音社の編集者は、ぜひこの小説をそのままうちで出版したいと……それで角田書房さんには申しわけないんだが、そこで出版することにしたんです」

千晶は戸惑いの表情を浮かべた。

「そんな大事な話をなぜわたしに？」

「それなんですがね……」

鎌谷はじっと千晶の顔を見つめた。

「わたしの新しい小説を潮音社で出版するあかつきにはぜひ、あなたのイラストを使いたいのです」

鎌谷は言葉を切った。

「橋本さん。あなた、潮音社に入社しませんか？」

海光る

千晶は驚いて言葉を失った。

「潮音社は独自にデザイン部門を持っている。あなたにはそこに入っていただき、潮音社で発行される単行本のイラストを描いていただきたい。あなたの画は魅力的だ。わたしが推薦すればきっとそこであなたのイラストも採用されますよ。そしてわたしの本にもあなたのイラストが載ることになるでしょう。わたしの本の売り上げも、あなたのおかげで伸びるというわけです」

千晶は戸惑いを隠せなかった。

あまりに急激な話に、目を白黒させるばかりである。

「条件はオールズ以上になるよう、わたしから口添えをします。考えていただけないでしょうか？」

なんとも勝手な話である。

最初に彼から電話をもらった時から感じていたが、この鎌谷という男、かなり強引な性格のようである。

「光栄ですね。とても嬉しいお話です。でも……」

千晶は静かにコーヒーカップを皿の上に置いた。

「角田書房の評判だけで、わたしにそういうお話をしてくださったわけではないでしょう？鎌谷先生の評価も聞きたいわ。わたしのイラスト、どこにそこまでの魅力を感じたのですか？」

鎌谷は吹き出すように笑った。

「あなたは率直な方ですね」

そう言われて千晶は思わず恥入った。

そして以前、恭介にも「君は正直だが、謙虚さが足りなすぎる」と指摘されたことを思い出した。

「そうですなあ。橋本さんのイラストはライトノベルを読む若い世代を中心に人気がありますが、同時にわたしが書いているようなミステリー作品でも使えると思います。橋本さんのイラストは色彩が豊かで繊細で、ノスタルジーも感じますからね。老若男女問わず支持される絵だと思いますよ」

千晶は思案した。

今をときめく売れっ子作家の挿絵を描くのである。千晶にとって、これ以上ない話ではあった。

しかし千晶は、独立する決心でフリーのイラストレーターになったのだ。「潮音社」に入ればそれこそ本末転倒である。

先日、仕事を紹介してくれた恭介の顔が思い浮かぶ。自分がフリーであり続ければ、今後も彼は自分に協力してくれるだろう。

(俺は情けない奴だよ。オールズ第一で生きてきたからな。君みたいに自分の足で立って走ることなんてできやしない)

「オールズ」を辞めても独立して己の力で生きていこうとしたから、恭介も自分を認めてくれた。そして自分に不利益になることも承知で仕事を回してくれているのである。

「いかがです？　なにかご不明な点でも？」

鎌谷は千晶の顔を覗き込んだ。

「結構なお話ですね。でもわたしはフリーのイラストレーターです。そうなるために上京してここまできました。今のところ、他社に入社など考えられません。ただ……」

千晶は鎌谷に向き直った。

「鎌谷先生の本の挿絵はぜひ描きたいですね。わたしとしてはこのお話、潮音社と正式に契約を交わした上で、前向きに検討していきたいと思います」

鎌谷は笑った。

「潮音社に入るのではなく、あくまで対等の立場で仕事がしたいと」

「はい」

そうきっぱり答えた千晶ではあったが、なぜか後悔にも似た気持ちが胸のどこかで芽生えた。

売れっ子作家である鎌谷の小説は、売れれば数万部である。潮音社に入り、その挿絵を任されれば、大きな金も動き自分の知名度も上がる。これは大きなチャンスでもあった。

しかし今、それを袖に振った形になったようで、どこか惜しい気持ちになったのである。

「結論を出すのは、今はやめましょう。またお会いできませんか？　今度は、お話ししたと思いますが、例のお勧めのレストランで食事をしましょう」

鎌谷は握手を求めた。まだこの話が壊れたわけではないようだ。

「ええ……。ぜひ」

その手を握り返した千晶は、ややぎこちない笑顔を鎌谷に向けた。

〝この話は大事にしなければならない〟

それは千晶の防衛本能のようなものであった。

そして孝博の借金のことが千晶の脳裏をかすめる。

総額二千万の借金。それを返済するのに今の千晶の収入では、見込めない金額だった。しかも孝博が施設へ入所すれば、入所費用や療養費のこともある。

(兄さんね、入院したのよ……)

(主治医の話だと命は取り留めたけど、ややもすれば危うかったかもしれないって。とりあえず病室で安静にはしているけど、機能に障害が残るかもしれない……)

(病気のこともそうなんだけど、兄さんまたかなり借金をしているみたいなのよ……)

(借金については弁護士の方とも相談するけど、支払については、わたしたちだけの力ではとても無理だわ……)

芳子の言葉が、千晶の脳裏を駆けめぐる。

千晶は微妙な心の揺れに、戸惑いを覚えるばかりだった。

その後、千晶は鎌谷と何度か連絡をとったが、話は進展しなかった。それは千晶の迷いが原因ではなく、鎌谷の側の問題だった。

「申し訳ない。潮音社での出版は、話は進んではいますが、角田書房と揉めてしまいましてねえ。そのことが片づくまでしばらくお待ちください。ゴタゴタしていては、新作の発表どころではないですからねえ」

千晶は、受話器の向こうで頭をかく鎌谷の顔を想像した。

「あなたのことは潮音社の編集部に伝えてありますよ。問題が片づいたら、また連絡を差し上げます。その折りにはいい返事を期待していますよ」

それは千晶にとって、結論を延ばせるだけにありがたいことだった。

恭介とはマメに連絡を取り合い、仕事も回してもらっている。彼に会う日は、千晶の日常生活に潤いをもたらした。それはビジネス上の関係だけでなく、再び寄りを戻した恋人同士としてのものでもあった。

あれから恭介の口から再びプロポーズの言葉をはっきり聞くことはない。しかしほのめかされることはあった。こういう関係が続くのなら、千晶としてもまんざらでもない気持ちであった。

もしそれが進展してくるなら、鎌谷の誘いは断ってもいいとさえ思えた。

一方で、孝博の借金、入院費用のことなどが脳裏をよぎる。このことはまだ恭介に話してはいない。彼に打ち明ける勇気がどうしても持てないのである。だから恭介との関係、そして自身の将来について、今は結論がどうしても出せない状態であった。

やがて三ヶ月ほどが過ぎた。

千晶の携帯電話が鳴り響き、ディスプレイを見れば芳子からの連絡だった。孝博が岡崎の療養施設に入ったとのことである。

「おばさん、ありがとう。本当にお世話になります」

「そんなことはいいの。ただ、いつまで置いてくれるかわからないから。一度は施設に顔を出してあげてね」

千晶はただ「うん」と生返事をするだけであった。

「もうすぐそちらに帰ります。入所費用のこともあるし」

そして帰郷したその日、千晶は芳子とともに晶子の墓参りをした。

檀家の普岱寺は近くにあるが、晶子の墓は三河湾を望める高台にあった。

墓地へと続く階段を昇りきると海風が心地よく吹き抜け、夏の暑さを忘れさせてくれた。

墓石に水をかけ、近くで買った花を活ける。そして二人で晶子の墓前に手を合わせ、しばらく瞑目した。

「お盆にはまた戻るの?」

瞑目を終えると芳子は、千晶に尋ねた。

「多分、仕事で忙しくなるから。お母さんの墓参り、今年はこれで最後になりそう」

また風が吹き千晶の髪が揺れた。母の魂が寂しげな気持ちを伝えたような気がして、千晶は思わず墓石を見上げた。

「そう。父さんの借金はどう？　あなた、無理はしちゃだめよ」

「当面、金利の安い銀行にひとまとめにしたから。毎月少しずつ返済もしているし。それもまったく問題にならなくなるわ」

「困ったら相談するのよ。わたしたちも力になるから」

やがて二人は、墓地から砂浜へと下りた。

波打ち際には流木が散在している。押しては寄せる波の音は静かで、小さな貝殻が無数に転がっていた。砂浜のその先には白壁のまぶしい建物がある。そこは地元にある療養施設「白浜荘」だった。

「次はあそこに転院できるといいんだけどねえ。自宅から近いし、海も見えて兄さんにとっても環境のいい施設だわ」

やがて砂浜を上がり、芳子の車を駐車した場所まで戻ると千晶は顔を上げた。

「おばさん、家に寄ってほしいんだけど」

「そうね。仏壇にもお参りしなくちゃいけないわね」

千晶は笑った。

「それもあるけど、おばさんに見せたいものがあるの」

「見せたいもの？」

芳子は怪訝に首をかしげた。

やがて実家に着くと、千晶はアトリエに芳子を誘った。

「おばさん、これ母さんの遺作よ」

芳子の顔に、ぱっと明るくなったような感動の色が浮かんだ。

「まあ！　きれいな絵ね」

「〝海光る〟っていうの。おばさんはこの絵を観てどう思う？」

そう言われて芳子は、しばらく顎に手をあてて考えるような仕草で「う〜ん」と唸った。

「どうって？　わたしは絵心がないからねえ……でもきれいな絵ね。幡豆の海かしら？　本当に海が輝いているみたい」

そして目を凝らし、新たに描かれた砂浜の辺りを見つめる。

「この影は？」

芳子は砂浜に佇むそれを指さした。

「多分、わたしたち」

「兄さんと晶子さんとあなた？」

千晶はうなずいた。

「そう言えばあなたが小さい頃、一家でよくあの浜辺に行っていたわね。あなたがはしゃぐものだから、兄さんも晶子さんもあそこに出かけるのがとても楽しいって。よく話していたわよ」

千晶は「海光る」を見つめたままだった。

「でもこれ……わたしが小さい頃を描いたものじゃないのよ」

「そうかしら？」

芳子は怪訝な顔をした。

「だって三人とも大きさが変わらないもの」

「一番、右の影は小さいじゃない？」

佇む人影は大きさがややまばらであった。形がそれぞれ違い、太い影がひとつと細い人影がふたつ。そのふたつの内、右の影はやや小さかった。

「でも子どもじゃないわ。明らかに大人。それに……」

千晶はしばらく沈黙した。

「あの時、いつも二人に手をつないでもらっていて、いつもわたしは真ん中だった。でも小さくて細い影は右。これは多分母さん。母さんはわたしより背が低いしとても痩せているわ。真ん中がわたし。わたしはいつも家族の中心で真ん中だった。わたしが大人になってもそれは変わらなかった。左にいるのは……」

千晶は溜息をついた。

「あの人よ……」

そして千晶は目を細め、また「海光る」を凝視した。

「母さんは、あの頃をなつかしんでこの絵を描いたんじゃない。これは母さんの願い。家族がもう一度あの頃に戻って、一緒に海に行けること……その願いをこの絵に託したのよ」

「千晶……」

芳子は言葉が出なかった。

「母さんはもう一度、家族三人であの浜辺に行って、海を眺めて、貝殻を拾って……それを夢見ていたんだわ」

「千晶、わかっているなら……」

千晶は芳子の言葉を遮るように、かぶりを振った。

「もういまさら！　母さんはもういないじゃない！　でも母さんは願っていたのに！　借金を重ねて母さんを不幸にして病気にさせて……そんな人でも母さんは……」

千晶は顔を覆った。

そしてしばらく肩を震わせていたが、やがて濡れた瞳もそのままに顔を上げる。

「……ごめんなさい」

芳子はただ悲しげな表情で、千晶を見やっていた。

「いいのよ。さあ仏間にいきましょうか。あなたが帰ってきてお母さんもきっと喜ぶわ」

芳子は千晶の肩に手をやった。そして二人はそのまま仏間に消えた。

アトリエの窓から夏の日差しと風が吹き抜ける。それを受けて「海光る」は、その海の輝きと息吹とを増しつつあった。

鎌谷から連絡があったのは、東京に戻りしばらくしてからのことである。

「しばらく連絡できず申しわけなかったですね。ついては電話でお話できることでもありませんので、一度お会いしていただけませんか？　以前、お話したレストランを予約しました。日曜日の夜七時からです。是非おいでください」

千晶は慌てた。

「もう予約したのですか？」

「そうです。ご都合は？」

相変わらず話が急激である。

「特に問題はありません。でも……」

千晶は苦笑いした。

「わたしに予定が入っていた場合、どうするおつもりでしたの？」

「はは、その時は家政婦の青木さんと行くだけですよ。日頃の感謝とねぎらいも必要ですからね。でもあなたの都合がついて良かった。新宿ですが、詳しい場所についてはファックスで送ります。楽しい夜を過ごしましょう」

完全に鎌谷のペースである。その強引さに戸惑いを覚えながらも、千晶としては承諾する以外になかった。

鎌谷が予約したそのレストランは、閑静な住宅街にあり、店の玄関先には暗く生い茂る木々が、店内から洩れる光とコントラストをなして、森のような風情があった。

店内は各テーブルにランプが灯され、プラチナ色の光が揺れている。そのほのかな明かりがテーブルの上のクロスや時計皿を照らし、静かな影を落としていた。

「素敵なレストランですね」

千晶の目の前には、ワイングラスに注がれた赤ワインが、深紅の色合いを湛えて、揺れるランプの灯火を映している。

「そうでしょう？　ここは雰囲気だけでなく料理もおいしいですよ。実はあなたがお会いしていただけると聞いて、家政婦の青木さんはがっかりしていました。あなたの都合がつかなければ、あなたの席に座り、このレストランの料理を堪能するはずでしたから」

「悪いことをしたのかしら？　わたしはここに来るべきじゃなかったということですね」

千晶の言葉はやや辛辣であった。鎌谷の強引さに対する抵抗からでた言葉である。しかし鎌谷はどこ吹く風とワインを優雅に口に含むだけであった。

やがて料理が運ばれてきたが、千晶は口をつけず鎌谷の顔をじっと見つめた。

「角田書房の件は、どうなりましたか？」

鎌谷は笑った。

「気が早いですね。料理が冷めてしまいますよ。普通の人なら食事が終ってコーヒーを飲みながらじっくり話をするものなのに」

そう言われて千晶は「すみません」と謝った。

「出過ぎました。わたしのそういう所、恋人にもたびたび怒られます」

「構いませんよ。まあ、せめて目の前のオードブルだけでも胃に収めましょう。仕事の話はそれからということで」

フォークとナイフを器用に使いオードブルを口に運ぶ鎌谷を見て、千晶も料理にナイフを入れた。

一皿目の食事を終え皿が下げられると、鎌谷は水を一口飲んで本題を切り出した。

「角田書房とは和解しました。少し高くつきましたがね。まあ今度の新作が売れれば、安いものです。その折りにはあなたのイラストを是非、表紙で飾りたいですね」

鎌谷はテーブルに肘をつき手を組みながら、千晶をじっと見つめた。

「潮音社にあなたのことはもうお話は済んでいます。詳しくはまた担当者を交えてということになりますが……もしあなたが潮音社に入っていただけたら、わたしの本のイラストを専属に担当していただくことになると思います。その場合は、おそらくこういう条件になるでしょう」

鎌谷は一枚の紙を千晶に手渡した。

それに目を通した千晶は思わず、わが目を疑った。

給与等、信じられないくらいに破格の条件であった。

「まあそんな所です。いかがですか？　できましたらこの食事が終わるまでに、返事をお聞かせいただければ幸いです」

そういって鎌谷は、またワインを口に含んだ。オードブルの前に出されたものとは別物の白ワインであった。

その時……千晶の中で何かが狂い始めた。

孝博の借金、施設の入所費用、療養費……そして恭介の援助を受けているとはいえ、成功しているとは言えない、フリーのイラストレーターとしての仕事……。

千晶はフリーとして潮音社と契約する方向で話を進めるつもりでいた。しかし正社員でない以上、単価を叩かれるだけでよりよい条件で仕事を回してもらえる見込みはない。

潮音社の専属になれば……問題のすべてが片づくのだ。そしてイラストレーター橋本千晶の名も売れるのだ。

一方で恭介の顔が頭をよぎる。

不利益になることを承知で自分に協力を惜しまない恭介……。

千晶には分かっていた。いや分かっているつもりだった。

今、自分の心を支配するものが、彼を裏切ることになるということも。

「召し上がらないのですか?」

鎌谷が怪訝な顔をして、千晶の顔を覗きこんだ。

「……いえ」

千晶はぎこちなく笑った。

やがてメインディッシュがテーブルに運ばれた。それを目にすると鎌谷は上機嫌に料理を頬張った。

千晶も鎌谷に合わせて、料理にフォークとナイフを入れたが、なぜか口に料理を運ぶペースは上がらなかった。

ただランプの灯火だけが、表情の消えた千晶の横顔を照らしている。

やがて食後のコーヒーが運ばれてくると、鎌谷は改めて千晶の意志を訊ねた。

「ぜひお返事を。それともあくまでフリーの立場で潮音社と交渉しますか？」

千晶は返事に窮した。

鎌谷はコーヒーを口に運んだ。

「あなたがフリーでわたしの本の挿絵を描いていただけるなら、わたしから潮音社に推薦し口添えはできると思います。しかし仕事があなたにまわってくるとは限らない。保証はできません。しかしあなたが入社すれば、お示しした条件に加え、わたしの本の専属になれば本の売り上げに応じた収入も見込めます。さらに言うなら潮音社は今、あらゆるセクションで若い人材を募っています。まさにあなたのような方ですよ。あなたが入社すれば潮音社はあなたを歓迎するでしょうね」

鎌谷は千晶の顔を見つめた。

「明るい未来が待っていますよ。いかがいたしますか？」

千晶は傍目には考え込んでいる風だった。

しかし実際には彼女の思考は止まっていた。ただ鎌谷の言葉は、千晶の耳には心地よく響いていた。だから先ほどまで脳裏をかすめた恭介の顔は、今はまるで思い浮ぶことはなかった。

それほど彼女の心を支配したものは、強力な力を持っていたのである。

そして彼女は口を開いた。

「わかりました。ぜひ潮音社の方に会わせてください」

「フリーをやめる？　どういうことだい？」

恭介のやや大きな声が、店内に響いた。

「……」

千晶は無言でため息をついた。

二人は例のごとく、事務所近くの喫茶店にいた。恭介から「大手家電メーカーから仕事を取ってきた。君がやらないか？」と声をかけられ、その打ち合わせで待ち合わせたのだ。

「千晶……どうしたんだよ？」

恭介は千晶の顔を見つめた。

「俺が仕事を紹介するだけじゃだめなのかい？　うまくまわらないのかい？」

「……そういうことじゃないわ」

千晶は意を決して、鎌谷から持ちかけられた潮音社への移籍について打ち明けた。

「ミステリー作家の鎌谷修治……」

その名を聞いて恭介はなにごとか考え込んだ。そして千晶の顔を神妙な眼差しで見つめる。

「何？」

今度は千晶が恭介の顔を見つめる番だった。

「千晶、鎌谷先生にはあまり関わらないほうがいい」

恭介はかぶりを振った。

「君も知っているだろ？　彼は金銭がらみ女性がらみ……とにかくスキャンダルが絶えない。それに今回の出版がらみのトラブルだって、君が彼から聞いている事ほど単純な話じゃないんだ」

恭介は言葉を切った。

「こういう業界にいると僕の耳にもいろいろな情報が入ってくる。彼は新作を発表するたびに表紙のデザインや発行部数等に注文をつけてくるらしい。その条件が気に入らなければ他の出版社に売り込みをかけるんだ。看板作家の作品を失いたくない角田書房としては、他社に取られることを阻止するため、しぶしぶ彼の要求を飲むしかない。今回はそれが折り合わなかったんだろうな」

恭介は言葉を切り、千晶を見つめた。

「なあ千晶、そんな渦中に飛び込むのは利口じゃないよ、よしたほうがいい」

千晶は黙ったままである。

恭介は少々いらついた声で千晶にせまった。

「よく考えろよ。せっかく独立したんだろ？　今は苦しいかもしれないが、地道にやっていけばきっと道も開けてくる……」

「そんな遠回りはできないわ」

千晶は叫んだ。

「恭介、あなたに言ってないことがあるの……」

千晶は、父孝博の借金、施設の入所費用や療養費について話した。

そして今日、何度目かのため息をついた。

「わたしの収入じゃとても……。今は鎌谷先生からの誘いに乗るしか道がないのよ」

沈黙が流れた。

この喫茶店にはBGMは流れていない。だからその沈黙は静かだった。

「なら俺が……君のためにもっと仕事を取ってきてやる。だから鎌谷先生の話に、乗るのはやめろ」

「恭介……」

千晶はテーブルの上で固く握られた恭介の拳を見つめた。

「君の苦境はよく分かった。これからは大きな仕事があったら真っ先に君に回すことにするよ。だから鎌谷先生の話からは、手を引くんだ」

千晶は怪訝に思った。

「わたしが潮音社に入るのがそんなにいやなの？」

「君がフリーをやめれば君は自分自身を見失ってしまうよ。僕にはわかるんだ」

恭介の言葉に千晶は反感を覚えた。恭介のこの決めつけるような言い方が、千晶にとってどうしても気に障る。千晶の心は強ばった。

「恭介、わたしもう決めたのよ」

千晶は揺るがなかった。

そんな千晶をあきらめの表情で見つめた恭介は、やがてうなだれ、それから一言も発することはなかった。

千晶もうつむいたまま、沈黙するだけである。

喫茶店に差し込む午後の日差しが、やや傾きかけていた。そんな中、二人の沈黙は時の流れが止まったかのように続くのだった。

鎌谷から連絡が入ったのは、それからしばらくしてからのことだった。

「連絡が遅れて申し訳ありませんね。今度の木曜日、ご都合はいかがですか？　少し遅い時間帯になりますが？」

「はい。結構です」

「ついてはあなたの作品を何作か持参してきてほしいのです。まずは編集部にあなたのイラストを観てもらいましょう。ただ……」

鎌谷はやや口ごもった。

「申し訳ありません。その日はわたくしの都合がつかないのです。潮音社には、あなた一人で行ってもらえませんか？　編集部の田辺というものが対応すると思います」

千晶は怪訝な顔をした。潮音社の人間とは当然、鎌谷を交えて会うことになると考えていたからである。

「潮音社の都合が、その日しか空いてないということなのですよ。詳しい場所はファックスで送ります。よろしくお願いします」

千晶は釈然としなかった。

潮音社の都合に合わせるというのもどこかおかしい。これでは自分の売り込みを兼ねた面接と変わらない気もした。

ただ鎌谷の推薦や後押しもある。当然、入社する手筈が整い、近日中に社員になるだろう。それに備えて千晶は鎌谷の作品を何作か読み、その挿絵のイメージを膨らませ構想さえ練っていた。だからいつでも仕事に取りかかることは可能なのだ。

そして木曜日の夜、潮音社を訪れた千晶は、田辺という編集者と面接した。

潮音社のテナントがあるのは、新宿のオフィス街でも一際高く真新しいビルだった。そんな高層ビルを一度は見上げ、エレベーターで十階にある潮音社の本社に向かう。

千晶を出迎えた田辺は女性だった。千晶と変わらない年頃だろうか？　セミロングの黒髪にソバージュをかけていた。よく通る声とその絶やさない笑顔は、さわやかな印象を受ける。田辺は名刺を差し出し一礼した。

「お初にお目にかかります、橋本先生」

「先生はやめてください。イラストレーターとしてはまだ駆け出しですから」

千晶も名刺を差し出すと、それを受けとった田辺は、奥にある応接間に千晶を誘った。そしてコーヒーメーカーを起動して二人分のカップを用意する。しばらくするとコーヒーの香りが部屋中に漂った。

「ここはいい場所ですね。窓際はビル街が見渡せて、とても景色がいいわ」

「ありがとうございます。このビルには他にも大手企業が入っていますが、うちのオフィスは特別いいテナントかもしれません」

やがてコーヒーができた。煎れたての香りが千晶の鼻をくすぐる。田辺は千晶の前にそれを差し出し、自分の分も手元に置いた。

田辺は一口、コーヒーをすすると、すぐに話を切り出した。

「先生は以前、大手デザイン会社のオールズに勤めていらしたそうですね」

千晶は静かにコーヒーカップを口に運んだ。

「ええ、でも独立したくて。自分の力を試すために東京に出てきましたから」

そして千晶は持参したイラストを田辺に差し出した。

「最近、受注のあったイラストの一部です」

受け取った田辺は、無言で千晶のイラストをじっと見入った。

「……」

そんな田辺を見つめるうち、なぜか千晶はもどかしい気持ちになった。

千晶はフリーになってから、自分の足で様々な業者に顔を出し、自分を売り込んできた。

その際、担当者に自分のイラストを見せて交渉するのだが、担当者が閲覧する間は緊張し、やはりもどかしい気持ちになる。

今、千晶を支配しているものは何故か、その時の感覚に近いものがあった。

鎌谷の推薦や後押しがあるはずなのに？

入社もほぼ確定しているはずなのに？

この気持ちはなんだろう？

千晶は得体のしれない不安に駆られていた。

そして怪訝な気持ちにもなった。

そもそも潮音社は、自分のイラストはどんな作風か認識していないのか？　鎌谷とその辺りのことを打ち合わせているのではないのか？　この期に及んで今日、作品を持参してくるのもどこか腑に落ちないものもある。

「鎌谷先生の作品に合うイラストは今、構想しているところです。今日、持参した作品とはまるで違う作風になりますが……」

不安を打ち消すように千晶は口を開いた。焦りにも似た気持ちを自覚して、千晶は滑稽にもなった。

田辺は作品を一通り閲覧すると、にこやかな笑顔を千晶に向けた。それを見て千晶はようやく気持ちを落ち着けることができた。

「どれも素晴らしいイラストですね。鎌谷先生から角田書房でのあなたの評判を聞いてはいましたが、噂にたがわない作風、さすがです」

田辺は言葉を切り、コーヒーを口につけた。もう冷めているはずだが、彼女がそれを気にする様子はなかった。

「今回はここまでにしましょう。今日は先生の作品を目にすることが主でしたから。また後日、連絡を差し上げます」

田辺は立ち上がり、千晶に手を差し伸べた。

千晶は呆気にとられた。

「そうですか？　では連絡をお待ちしています。いつ頃いただけますか？」

「そうですね。近いうちに必ず致します」

田辺の物腰は柔らかだった。

「わかりました。ではお待ちしています」

千晶はそう言うしかなかった。

そして〝わたしのお仕事はいつから？〟とも言いかけたが、にこやかな顔で千晶を見送る田辺の様子に、なぜか言葉がでなかった。

外に出ると新宿のネオンがまぶしく千晶の顔を照らし、夜風が冷たくその頬をなでながら吹き抜けていった。


「恭介、相談があるの」

千晶が携帯電話で恭介と連絡をとったのは、それから一週間も過ぎた頃だった。

例の喫茶店で恭介と待ち合わせた千晶は、不安げな表情を彼に向けた。

「潮音社からまるで音沙汰がないのよ。近いうちに必ずって言ったのに……未だに何も連絡がないわ」

「鎌谷先生はなんと言っているんだい？　潮音社にこちらから連絡を入れたの？」

恭介の声は冷静だった。しかし鎌谷の名を出すあたり、どこか皮肉めいた響きもあった。

「鎌谷先生とは連絡がとれないわ。潮音社は……なんだか恐くて」

千晶の声はか細かった。そして恥入る気持ちも強かった。結局は恭介に泣きついているだけなのだ。そういう自覚があるだけに、どうしても声に力が入らない。

「千晶、しっかりしろよ。君らしくもない。それで？　君と話をした潮音社の人間はどんな人だったの？」

「女性よ。わたしと歳は変わらないくらい若かったわ」

恭介は思案した。

そして身を乗り出して千晶を見つめた。

「千晶、俺は鎌谷先生のことでいろいろな人伝で調べてみたんだ。彼は今回発表する新作のイラストを手掛けるにあたり、作品のイメージに合うイラストの描けるデザイナーを捜していた。本来そういう仕事は編集部の仕事なんだが、彼はいろいろ口出しをして結局は彼の意志で何もかもが決まっていく。そして今回も何人かのデザイナーに声をかけている。要するに君だけじゃないんだ。君はその中の一人に過ぎないんだよ」

「でも……」

何人かの候補をあげて、よりその作品に合致するものを絞っていく、それはこの業界では当たり前のことである。しかし、鎌谷はわざわざ自分を自宅に招き、食事にも誘い、なおかつ潮音社の社員にするとまで言ったのだ。

「おそらくその時点では、君が最有力だったんだろう。彼も角田書房での君の作品についての評価は知っているし、実際気に入っていたんだろうね。ただ……」

恭介は腕を組んだ。

「彼が何もかも自分で決めていくやり方は、角田書房ではとくに顕著だった。それもある時期までは通用したが、社の方針が若手作家の売り出しに重きをおくようになってから、角田書房の鎌谷先生に対する態度は、かなり変わってきた。だから彼は、潮音社と交渉を始めたんだ。彼にとって近しい人間が勤めている会社でもあるし」

「近しい人間？」

「なんでも潮音社の編集部には若くて才覚があり、編集長でさえ一目置く人がいるらしい。その人は鎌谷先生とは男女の仲だとか。尻に敷いているとまでは言わないが、鎌谷先生に対してかなりの影響力があるらしい。君と面会した女性は間違いなくその人だろう」

千晶は田辺と名乗った女性の様子を思い出した。

物腰は柔らかだが、まるでこちらを審査するかのような面接。そしてそそくさと千晶との面会を打ち切ったあの対応。いまだに彼女から連絡がないのは、自分の作品が彼女のお眼鏡に適わず、連絡する価値もないと侮られているのか？

しかし、いくらなんでも、鎌谷とこれまで進めてきたものを……鎌谷の意向を無視することなどできるのか？

「潮音社に連絡を入れたほうがいいだろうな。いい加減な田辺の対応を非難してもいいだろう。でも千晶、もうこの件からは手を引けよ。実はいい仕事の話があるんだ。まだ契約に漕ぎつけたわけじゃないが……千晶？　どうした？」

千晶は頭を押さえうなだれていた。

またあの症状だ。目眩にも近い感覚。頭の奥に何かが詰まり身体に力が入らない。そして恭介の声が遠のいていく。

「……なんでもないわ」

千晶はなんとか上体を起こした。

「そうね、あなたのいう通り。潮音社にはまだ連絡してないわ。電話してみる……」

その時、千晶の携帯が鳴った。

「もしもし」

千晶が携帯にでると女性の声が聞こえた。

「もしもし？　連絡が遅れました。潮音社の田辺です」

「田辺さん？」

千晶は思わず緊張した。

裏腹にもしやと期待する気持も湧き上がる。いよいよ潮音社に採用される方向で話が進むのか？

「申し訳ありません。橋本先生のイラストも大変素晴らしいものでしたが、編集者として検討し、また当社として意見をまとめた結果、鎌谷さんの新作により相性のいいイラストを描くデザイナーの先生がいらっしゃいまして、今回はその方に描いていただくことになりました。今回は申し訳ありません。先生には次の機会にお力添えをしていただき……」

「……待ってください」

千晶は目の前が暗くなり、先ほどから続く目眩のようなものが、よりひどくなるのを自覚した。

「わたしは鎌谷先生とこれまで直接交渉してきました。それも鎌谷先生の方からお話のあったことです。でも、あなたの言われることと、鎌谷先生から伺ったお話はまるで違う。鎌谷先生は言われました。わたしの絵をぜひわたしの本で使いたい、そのために潮音社のデザインセクションで働いてほしいと。自宅にも呼んでいただきましたし、お食事もご一緒しました。鎌谷先生の意向は明らかです。わたしもそのつもりで心を決めていました。なのに……これはどういうことなのでしょうか？」

千晶の携帯を持つ手は震えている。彼女は怒りと感情の高ぶりを抑えるのに精一杯であった。

しかし田辺の声は落ち着き払っていた。

「それは当社として預かり知らないお話です。鎌谷先生から橋本先生のご推薦があったことは事実ですが。鎌谷先生からどのようなお話があったかは存じませんが、当社としては先生のイラストを拝見し、検討する以上のことはありません。それに当社に入社を希望される方は、入社試験を受けていただく形なので、どんな高名な先生の推薦があっても、そのセクションに入れるということもありません。そういったお話は一度、鎌谷先生ご本人にご確認ください」

田辺の言葉はにべもなかった。

「では失礼いたします」

虚しい音が耳元を何度も打つ。

携帯が切れてもなお、千晶のそれを握る力は緩まなかった。

「嫉妬……かもしれない」

恭介がポツリとつぶやいた。

「嫉妬？」

「女ならわかるだろ？　彼女は君がどうであれ、鎌谷先生の自宅に招かれたり、食事に行ったりしたことが気にくわなかったんだ」

「……」

その時、また例の症状が千晶を襲った。目眩と脱力感、そして得体のしれない頭痛。

「大丈夫か？」

恭介は千晶の肩に手を置いた。

「もう帰って休んだほうがいい」

恭介の声は静かだった。

「俺が必ず、いい仕事を持ってきてやる。だから今は休め」


それからしばらく恭介からの連絡は途切れた。

その日、千晶はしばらく徹夜の続いていた仕事を終え、外の景色を茫然とながめていた。すっかりと暗くなり、新宿に星のような明りが灯り始めているのが見えた。

鎌谷の件、潮音社の件……とにかくいろいろあり過ぎた。

鎌谷とは連絡もつかなかった。携帯で電話をしても着信拒否をされるのである。自宅に行こうとも考えたが、その気も失せていた。あの田辺に丸め込まれているとしたら、情けない限りである。約束を違えたことを責め立てても虚しくなるだけで、今はとてもそんな気分にならなかった。

ひどく疲れていた。何も考えることもできない。

もう寝よう。その前にシャワーを……と浴室に向かうが足取りがおぼつかない。

妙に力が入らなかった。そして頭も痛い。例の症状は薬で抑えてはいたが、またひどくなりかけていた。

(少し仮眠をとってから……シャワーはそれからでいい)

そう考えた千晶は仮眠室に入り、そのままベッドに身を横たえた。

千晶は夢を見ていた。

玄関で母がこちらを見て笑っている。

「おい、早くしないと行っちまうぞ」

父が大きな背中を向けて土間に座っている。肩越しにこちらを見やっているので、顎の濃いひげも見えた。

「なにをしているの千晶？　お父さんにオンブしてもらうんでしょ？」

思わず千晶はうれしさを弾けさせ、父の背中に飛びついた。

魚の生臭い匂いがしたが、いつものことなので気にはしなかった。むしろそれが父の匂いだった。

「はは、お嬢ちゃんもずいぶんと重くなりましたねえ。少し太ったか？」

父が冗談まじりにそう言うと、千晶は思わず膨れっつらで抗議した。

「太ってないもん。いつもダイエットしてるもん」

「うそおっしゃい。いつもお菓子ばかり食べているじゃないの」

母が笑って千晶の頭をなでた。

日は傾きかけていた。赤トンボが無数に舞い、ススキが揺れる。秋桜の鮮やかな桃色の花びらが、道行く千晶たちを迎えた。

父は歌を歌っていた。それは陽気な歌だった。

「お父さん。それなんて歌？」

父は笑った。

「はは、お父さんの歌だよ。お父さんが作った世界でただ一つの歌さ。どうだ千晶、お前も歌え」

千晶が父に合わせ大声で歌うと、母が困ったように千晶の袖を引いた。

「もうやめなさい。あなたもそんなでたらめな歌、千晶に教えないで」

父……孝博は不本意だとばかりに、鷹揚にうそぶいた。

「でたらめとはなんだ？　一日中ウナギを見ているとな、ウナギが教えてくれるんだよ。これはウナギが俺に仕込んでくれた由緒ある歌なんだぞ」

そしてまた声を張り上げて歌う。そのドラ声に驚いたか？　夕日に舞う赤トンボが逃げるように散っていった。

「何よそれ？　あなた、さっきは自分で作った歌だって言ったじゃないの」

晶子は半ば呆れていた。そして思いきり孝博の空いている尻を叩いた。

「おう」と孝博は飛び上り、千晶を負ぶったまま走り出した。

千晶と孝博の笑う声が、秋の広い空に響きわたる。

やがて目の前が明るく開け、海鳴りが聞こえた。

落日にはまだ早い時間帯で、日光が西から帯状に伸び光っている。その時は短く、やがて海は青黒くうねり、陽は赤くオレンジ色の光が海上に明滅するだろう。千晶はこの時間の海が一番好きで、雨の日以外は毎日のように孝博と晶子に連れていくようせがんだ。

千晶はふと思った。

〝思い出は母さんだけだったのに……父さんもいたんだ〟

孝博の背から降りた千晶は白砂を駆け、波打ち際で飛び跳ねた。

「千晶、見ろ」

孝博がにやりと笑って、大きな巻貝を掲げている。

そしてホラ貝を吹くような真似をしておどけた。

晶子は砂浜に佇んでいる。その瞳には琥珀の色が灯っていた。

「いい絵が描けそうですか？　先生」

孝博は晶子のそばに腰を下ろし、膝を打って彼女を見上げた。砂浜を走ってきた千晶は孝博の股の間にチョコンと座った。

「うん」

晶子はただうなずき微笑んだ。

「そうか、よかった」

孝博は破顔した。

「晶子、待っていろよ。お前がいい絵を描けるようにきっといい家、いいアトリエを造ってやる。大先生にふさわしい御殿だ。お手伝いさんも雇わなきゃな。庭もきれいで小鳥が巣を作るんだ。毎朝チュンチュンと鳴いてな」

孝博は器用に手を組んで千晶の目の前で小鳥の形を作った。そしてくちばしに見立てた指を動かし「チュンチュン」とやった。

千晶がはじけるように笑うと孝博はさらに調子づき、羽を見立てて小鳥が飛んでいく様を演出した。

「いいのよ、あなた。わたしはこうして千晶とあなたと海に来て……笑うだけで充分」

晶子は微笑み、しゃがんで足元の貝を拾った。

小さな巻貝だった。

浜辺に黄昏の色が落ち、波が近くまで打ち寄せる。日は傾き海を琥珀色に照らしていた。

〝わたしもお母さんみたいに画家になる！〟

その時、千晶はそう叫んだ気がした。

しかし晶子は、貝殻を見つめ微笑むだけで何も言わない。

ただ、孝博だけは千晶の頭をなでて言った。

「ようし。お父さんが必ずお前をいい美術大学に入れてやる。お母さんに負けないくらいにいい絵を描けよ」

千晶は孝博を見上げた。

包み込むような優しい眼差し。その瞳にはただ落陽と琥珀の海が映え、一点の曇りもなく千晶を見つめていた。それは今まで千晶が見たこともない孝博の顔だった。

その時、大きな海鳴りの音が響いた。

黄昏は紺碧に変わり、海は激しく波打った。海鳥の声が一際甲高くこだまして、千晶の頭上を駆けめぐる。やがてそれは紺色の空に高く舞い上がり、白い残像を残して水平線の彼方に消えていった。

気がつけば、父も母もいなかった。

ただ激しい海嘯の音が耳を打つ。思わず千晶は耳を塞ぎ、その場にしゃがみこんだ。

それはいつまでも頭に響き、やがてまどろみの彼方に消えていく。

そして千晶は目を覚ました。


そこは見慣れた事務所の仮眠室だった。

毛布を跳ねのけ半身だけ起こすと、しばらく部屋の壁を見つめる。

その視線の先には、千晶が気に入り、購入した有名画家のイラストがある。

色鮮やかな海の中を無数のイルカが活き活きと泳ぎ、日の光りが海上より幾条もの帯となって降り注いでいる。それはしかし今、夜の闇におぼろげに浮かぶだけで、その鮮やかさ繊細さを窺うことはできなかった。

時計を見れば十時を指していた。シャワーも浴びず仮眠していたことを思い出し、そのまま事務所のシャワールームにいこうと立ち上がった時、携帯電話が鳴った。

恭介からだった。

「ごめんよ。寝ていたかな？」

恭介の言葉は静かだった。

「うん。寝ていたけど、さっき起きたところだから。どうしたの？」

普段の恭介とは何か様子が違うのを感じ、千晶は声を落とした。

「千晶、済まない。もう君の力になれないかもしれない」

恭介の力のない声が電話越しに聞こえた。

「どういうこと？　何があったの？」

「早い話が、僕が君に仕事を回していたことが本社にばれた。お得意先が確認したいことがあって本社に電話したみたいだが、僕に回る前に上司が対応してしまって……」

千晶は言葉を失った。

「僕の営業成績も振るわなかったしね。運が悪かったよ」

「それで……どうなるの？」

恭介の溜息が、携帯越しに千晶の耳をついた。

「さあね。最悪、首になるかもしれないし。少なくとも営業の仕事はもうやらせてもらえない。だからもう、君の力にはなれないんだ」

千晶は愕然としてその場にへたりこんだ。カーペットを敷いたはずの床が、妙に冷たく感じられた。

「今までそんなことなかったのに？　どうして？」

「むしろ今までこんな事がなかったことのほうが不思議だよ。溜まったつけを一気に払わされた」

恭介は言葉をきった。その間の沈黙が千晶には長く感じられた。

「約束しただろ？　君に大きな仕事を持ってくると。取引相手にとっては大きなプロジェクト、イラストを一枚描けば終わりというわけじゃない。当然、向こうも仕事を進めるにあたりマメな連絡も寄こしてくる。話がきちんとまとまってから君に頼もうと思っていたんだが……俺が甘かったよ」

恭介はまた沈黙した。その間、千晶は時が止まったような錯覚を覚え、言葉が出るのに時間を要した。

「そんなことが……。恭介、あなたが心配だわ」

「君のほうはどうなんだ？　鎌谷とは連絡ついたのか？」

千晶はうなだれた。

「着信拒否が続いている」

「そうか……お互い大変だな」

恭介がまた溜息をするのが聞こえた。こんな恭介の電話は初めてだった。

「恭介、いま会える？」

「悪い、今疲れているんだ。また連絡する……」

そして携帯は切れた。

千晶は動けなかった。

ひどい目眩と頭痛、そして絶望的な脱力感が彼女を襲う。

それはまるで暗い井戸の底のように思えた。

「千晶、具合はどう？」

千晶のマンションに叔母の芳子が訪れたのは、恭介が連絡してきた日からひと月も経たない頃だった。

「うん……。日常生活はきちんとこなしているわ」

芳子を出迎えてから千晶は、部屋のソファーに腰を下ろした。そして「ごめんなさい」と言ってそのまま横になった。

「いいのよ。御飯作ろうか？」

「うん……」

千晶は力のない返事を返しただけだった。

やがて芳子はキッチンに引っ込んだ。しばらくすると彼女の忙しい動きが気配として伝わってくる。千晶は目を閉じ、叔母の台所姿を想像しながらソファーに身を委ねた。

千晶の体の異変は、悪化していた。

仕事をこなせばこなすほど、その違和感は増してくる。身体から一切の力が抜けていくような無気力感。それは頭痛や目眩を伴い、自分の身体が自分ではないような奇妙な感覚に襲われた。

気づけば膝を折り、頭がぼうっとしてその場から一歩も動けなくなる。今までは規則正しい生活をして、メリハリをつけながら仕事をしていた。しかし今は、朝起きるのがとてつもなく億劫でつらかった。

薬も強い種類のものに変えたが、症状は改善されなかった。

千晶は自分がなぜそういう状態におかれたか、よく理解していた。そして様々な要因が複合的に絡み自身を蝕んでいることも……。

フリーとして独立してからのストレス、鎌谷の裏切り、そして恭介のこと……。

特に恭介に対する自責の念は、日増しに千晶を苦しめた。

結局、恭介はオールズを自主退職することになったからである。会社と仕事を愛していた恭介にとってつらい選択だったことは間違いない。

先に援助を申し出たのが恭介だったとはいえ、自分の身勝手さが彼を追いつめてしまったのだ。

退社直後は〝気にするな〟と彼は気丈に振る舞ってはいたが、そんな彼を見ているのはつらかった。だから最近は連絡もとっていない。彼からも連絡はなく、どうしているかと心配だけは募るが、彼の元に行く勇気も持てなかった。

そんな自分に情けない気持ちになり、自己嫌悪が増した。それが病気を悪化させている原因の一つだとわかってはいるが、自分ではどうすることもできなかった。

何気に部屋の天井を見つめると、それが圧迫してくるものを覚える。

目の前まで迫りくるような……。千晶は思わず、深く呼吸をしながら大きく目を見開いた。

「千晶、もう何も考えなくていいわ。全部忘れて。気を楽にしなさい」

台所から芳子の声が聞こえた。

味噌汁の匂いが千晶の鼻をつき、正気に戻るのを覚えた。

やがて芳子が食事を運んできた。白米と味噌汁、煮物だけの簡単なものだったが、外食の多い千晶にとってありがたい食事だった。

「千晶、話があるのよ」

食事が終わり後片付けを済ませると、芳子は神妙な顔つきで千晶の前に佇んだ。

そして通帳を二つ、千晶の目の前に差し出した。

千晶は慌ててそれを芳子のほうへ差し戻した。

「おばさん、だめよ」

千晶の窮状を見かねた芳子が、資金援助を申し出たと思ったのである。

芳子は笑った。

「勘違いしないで。これはね、正真正銘あなたのものなのよ」

千晶は呆気にとられた。

「どういうこと?」

それは郵便貯金の通帳だった。名義を見れば二冊とも「橋本千晶」とある。開けば、それぞれに三百万円ほどの記帳があり、定期的に入金がされていた。

「これはね、千晶。兄さんが……あなたの父さんが晶子さんとあなたのためにそれぞれ作った通帳なの。晶子さんの通帳は、晶子さんが亡くなってから、あなたに名義を変更したみたいね。今は二冊ともあなたの通帳よ」

千晶は頭が混乱しそうになった。そして答えを求めるようにただ芳子の顔を見つめる。

「確かに兄さんは、あちこちで借金して返済に四苦八苦して……。でも少しずつ、本当に少しずつ、あなたたちのためにコツコツとこれだけのお金を貯めていたのよ。倒れる直前までね」

「あの人がそんなお金？　わたしやお母さんのために？　どうして？」

千晶は通帳に視線を落とした。合せて六百万円の貯金。

疑問もある。なぜ孝博は、このお金を借金返済に使わなかったのか？

「兄さんの借金は言ってはなんだけど、これくらいのお金でどうにかできるものではないわ。でも……」

芳子は目を伏せた。

「兄さんはあなたたちのお金だからと、とても大事にしていた」

沈黙が流れた。

千晶は、通帳をそっと閉じて芳子に差し出した。

「やっぱりこれは受け取れないわ。おばさんたちにも返さなければならないお金もあるし……これだけじゃ足りないくらいだけど。それはおばさんたちのお金よ」

そう言うと千晶は、またソファーに横になった。

「あなたのお金よ。もちろん、どう使うかはあなたの自由だけど。でも、お父さんとも話したけど、わたしたちは受け取らないわ」

千晶は芳子に背を向けるように横を向いた。

「おばさん、その通帳のことは知っていたの?」

「そうね。借金のことで兄さんから相談があって、この通帳を担保にお金を貸してほしいって。自分が持っていては使ってしまうから。でも兄さんはこの通帳については、あなたたちには内緒だからって。それからわたしが預かっていたの」

そして千晶と自分のお茶を煎れると、自分のお茶に口をつけた。

「兄さんはあんな性格だから……いい加減で法螺吹きで。そのくせ不器用で。でも、どんなに失敗しても、借金を抱えても……事業を広げてお金を稼ぐことには必死だった。あの人は地道で手堅い生き方ができない人だから、そうするしかなかった。不器用なりに、勉強して、不器用なりにあちこちに頭を下げて……。取引相手の接待や付き合いで飲むことが多くなって、なおストレスを抱えることも多かったから、お酒に頼るようにもなったけど。でもすべては晶子さんを画家として全面的にバックアップするためだった。でも結局、晶子さんの足を引っ張る形になってしまったけどね」

千晶は目を閉じた。

暗闇の彼方から、海嘯の音が聞こえてくる。

そして孝博の顔が脳裏に浮かぶ。

〝ようし。お父さんが必ずお前をいい美術大学に入れてやる。お母さんに負けないくらいに

いい絵を描けよ〃

そんな夢を見たのはつい最近のことだが、千晶には幼い遠い日の出来事だったように思えた。千晶が美大で学んだ時、その入学費用等はある一定、千晶のアルバイト代から捻出された。しかし「費用のことは心配しないで」と晶子が微笑み、その費用の大半は家計から持ち出されたと認識している。それは芳子から借りたものが多くを占めているだろうと思い、いつかは芳子に返済しなければならないと考えていた。

そんな話をしても芳子はとりあわないに違いない。芳子から借りたお金がどれほどの金額になるのかは分らないが、いつかは返さなければならない……千晶は美大の費用についてはそういう認識でいた。

しかしそれも今、千晶の中でやや揺らぎつつある。

「おばさん、正直に答えて。わたしが美大に行く時、父さんや母さんから相談があった？」

芳子は意外そうな顔をした。

「うん？　それはなかったわね？　あなたや晶子さんが苦労してお金を貯めて、それで入学したのかと思っていたけど？」

「本当？」

「それは誓って嘘じゃないわ。あの時、兄さんはお金回りもよかったし、借りにくるよりむしろ、返済してくれたほうが多かったくらいよ」

千晶は再び、目を開いた。

「わたし、美大の費用は全部自分で稼ごうと思っていた。でも母さんが心配ないからって。でも母さんが出してくれた費用はそんなにはなかったと思うの。母さんは父さんのおかげで画家として稼げなくなっていたから」

「そう。じゃあきっと兄さんよ。兄さんは借金も多かったけど、けして事業がうまく回らない時期が長かったわけじゃない。千晶が美大に行った時期の金回りはよかったわ」

そして芳子はフフっと笑った。

「兄さんね、晶子さんが病気で倒れた時、あなたと喧嘩したでしょ？　あの時、あなたに人生で一番痛い殴られ方したって言っていたわ。あの日、兄さんは取引先とどうしても飲まなければならない席があって、晶子さんを置いていく形になったけど……帰ったら娘に袋叩きにされたって。電話で泣いていたわ」

千晶は再び目を閉じた。

その日の夜のことが、鮮明に脳裏に蘇る。

あの時、孝博は足腰も立たないくらい酔っていた。それでつい感情的になってしまったが、今でもそれは、孝博が受けるべき当然の報いだと思っていた。

「あなたが帰ってきてからはバツが悪かったのか、わたしの所に来ることが多かったけど、本当は晶子さんの側に居たかったと思うわ」

晶子が亡くなる直前、孝博は例の如く家に居ないことが多かった。たまに姿を見せても無言で母の部屋を覗くくらいだった。いつものことだと半ば諦観していたのだが、芳子の家にいわば〝避難〟していたということなら、まるで話は変わってくる。

母が亡くなるまで自分は、彼女と孝博を隔ててしまったということになるのか？

本音を言いたくても言えない、素直に行動に表せない、孝博にはそんな不器用なところもあった。晶子の傍に居たくても、娘に〝悪者〟にされた孝博は、素直に寄りつく機会を失ってしまったかもしれない。それは孝博にわだかまりを持つ千晶でさえ、彼が抱えるもどかしいまでの哀しい性格はよく知り抜いていた。

だからそれを認めれば認めるほどに千晶は、心に重りがのしかかるような気持ちになるのである。

「……おばさん」

沈黙の後、千晶は口を開いた。

「わたし、お母さんのために……東京で成功して、お金を儲けて、母さんに楽をさせてあげたくて……お母さんを認めてくれなかった世間を見返してやりたくて……でも。うまくいかなかった。お母さんには何もしてあげられなくて、自分は騙されて、人を傷つけて、失敗して……」

芳子はただ、千晶の背中を見つめている。

「父さんみたいにはならない、そう固く誓っていたのに、これじゃあ……」

千晶の固く閉じた瞳から、一滴の涙が零れ落ちた。

「やってきたことは父さんと……何も変わりはしない」

芳子の手が千晶の背中に触れた。そして上下にその背をさすった。

「そうね。でもお母さんを想う気持ちもまた一緒なのよ」

芳子の手は温かい。

それは遠い記憶の彼方にある誰かの手にも似ていた。

そして芳子はポツリと言った。

「千晶、一度帰ってきなさい。父さんが待っているから」


その年の春、千晶は帰省した。

家に帰宅した千晶は、携帯で芳子と連絡をとった。

「そう。今自宅なのね。じゃあ、待っているから」

芳子の声はいくぶん明るかった。

携帯を閉じた後、千晶は改めて自分の部屋や父の居間、そして母のアトリエを見渡した。掃除もよくされていて手入れも行き届いている。芳子がたまに来てきれいに掃除してくれているようだ。叔母には感謝しても感謝したりないくらい、本当によく助けられた。これまで父に貸したお金は多額にも関わらず、それについては一言も言及しなかった。

彼女には借金の返済のみならず、いつかは形ある恩返しをしたい……改めてそう誓わざるをえない。

しかし当の叔母の望みは唯一、千晶が孝博に会うこと、ただそれだけだった。

孝博は施設をいくつか転院し、今は地元幡豆の「白浜荘」に入所している。芳子が「兄さんをあそこに入れたい」と言っていたあの施設だった。

千晶はこれから「白浜荘」で長年、顔を見なかった父に会いにいくのである。

千晶の中で、父に対するわだかまりはまだくすぶっていた。孝博の抱えている借金、それも大きな要因の一つである。父の残した通帳は、結局、借金の返済にあてた。

今後は計画を立て、毎月、無理のない範囲で返済していけば、数年で借金は消えるはずである。

しかし千晶の収入は、いまだ安定しなかった。今後のことについては不安しかない。

そして体調も不安だった。

借金の返済、鎌谷の裏切り、そして恭介とのこと……様々に重なって、うつ病をも患ってしまった。自業自得とはいえ、その中で父の借金を返していかなければならない。気持ちが重くなり、目の前が暗転していくような感覚を覚える。病気もさらに悪化していきそうであった。

千晶は家の床に膝を落として手をついた。涙があふれ、床にポタポタと染みをつくる。そしてその場にうずくまり、しばらく動けずにいた。

ふと千晶は顔をあげた。

目の前には母のアトリエがあり、遺作「海光る」がアトリエの窓から差し込む日の光に照らされ、輝きを放っているのが見えた。

「母さん」

千晶はそうつぶやいた。

母の声を聞いた気がしたからである。それは言葉というよりは彼女の息吹に近かった。

そして千晶は考えた。

もし、母が自分の置かれた状況だったならどうしていただろう?

孝博がどんなに借金を重ねても、酔いどれながら帰ってきても、そして画家として世に出る機会を失っても……。どんな時も騒がず慌てず、ただ淡々と自分の作品世界を完成させるため芸術に没頭し、そして家族には笑顔を絶やさなかった。

そんな母なら、きっとこの苦境も乗り越えていったのではないだろうか?

そして父孝博のこともまた許したに違いない。

故郷に帰ってからまだ、母の墓参りには行っていなかった。

千晶は母の墓参りを済ませてから「白浜荘」に向かうことに決めた。

千晶は忙しく身支度を整えた。そして母の墓があり、海がよく見える普岱寺の墓地に向かった。


母の墓参りを済ませた千晶は、その足で「白浜荘」に足を向けた。

墓地を降りて砂浜の先にあるその施設で千晶を待っていたのは、叔母の芳子と変わり果てた孝博の姿だった。

白髪の目立つ頭髪。焦点の定まらない瞳。痩せこけた頬……。

しかし、その面影は紛れもなく父孝博だった。

「お母さんのお墓参りは済んだの？」

「うん」

叔母の声に千晶は静かにうなずいた。

千晶はうつむいたまま、ただ父の手を見つめている。

「本当に……今まで……ごめんなさい」

施設の窓からは海が良く見えた。それを見つめる孝博の瞳には海の輝きが宿り、白い海鳥が舞い上がり水平線の彼方に消えていく。

「今日はいい天気ね」

芳子はポツリと言った。

「まるで晶子さんのあの絵みたい」

千晶は顔を上げた。

「海光る？」

「そう。あなたの家に何度か掃除に行ってあの絵を観たけど、あれは本当にきれいな海ね。太陽と海が温かく包みこんでくれるような……」

その時、孝博の手が動いた。

「にいさん？」

孝博のその手は千晶の頭上に伸びる。そしてまるで幼子をあやす様に頭を撫でた。

「……」

「え？」

孝博の口が動き、何かを千晶に語りかけている。

千晶は孝博の顔を見上げた。

それは一点の曇りもない、包み込むような優しい眼差し……。千晶は思わず夢で見た孝博の顔をそれに重ね合わせ、我知らずその瞳を凝視した。

「ちあき……いいえ……かけよ」

孝博はかすれた声でそう繰り返していた。

「兄さん、千晶がわかるの？」

芳子は思わず、口元を手で覆った。

「とうさんが……なあ……ちあき……」

父の手の温もりが千晶の頭髪を通して、身体の隅々まで伝わってくる。千晶は父の顔をなおも凝視しながら、次の言葉を待っていた。

「いいだいがくへ……いれてやるからなあ……かねは……しんぱいするな……」

やがてその手がだらりと下がった。

その視線はまた千晶の頭上を越え、海光る水平線の彼方を見つめる。

そしてはらはらと涙が零れおちた。

「あきこ……あきこ……」

母の名を呼んでいる。

何度も何度も「あきこ」とつぶやいている。そしてその瞳からとめどもなく溢れるものがその頬をつたい、千晶の手に零れ落ちた。

そして孝博は車椅子を降りた。大きな声を上げてその場に崩れ落ちる。

千晶は必死で孝博を抱きかかえた。そしてその頭を抱き締め、まるで獣のような声をあげる父の背をさすった。

「あきこ……すまん……あきこ……」

孝博はなおも慟哭する。そして何度も「すまん……あきこ……」と繰り返していた。

千晶の瞳からも一粒の涙がこぼれおちた。そして我知らずつぶやいた。

「父さん……もういいよ。もう……いいから」

孝博が病棟に引きとられた後、千晶と芳子は近くの喫茶店に入った。

その窓からも幡豆の海が見渡せる。そして「白浜荘」の沖向かいなので、施設の白壁もまた眩しく陽光に照らされ景色に映えていた。

芳子は紅茶を口にしながら「白浜荘」をじっと眺めている。

「ああいう施設は今後できなくなるって。国が縮小していく方向だって施設の人が言っていたわ」

千晶は黙って目の前のコーヒーを見つめている。一口飲んだがあまり口は進まなかった。

「困ったことね。兄さんもいつまであそこに置いてもらえるかわからないし。せめて症状が改善してくれればいいのだけど……」

芳子は溜息をついた。

「父さんがよくならないのは、わたしのせいだわ」

千晶はポツリと言った。

芳子は驚いて、千晶の顔を見つめた。

「わたし、母さんの声を聞いたの」

「……そう。なんて言っていたの？」

「許してあげてって」

「……」

沈黙が続いた。

店内にはゆったりとしたピアノ演奏の音楽が流れているが、曲名はわからない。

芳子はティーカップを静かに置いた。

「これからどうするの？」

芳子の問いに千晶は「うん……」とやや視線を落とした。

「東京ではいろいろあったし、あなたも病気になって……おばさん心配だわ。天国のお母さんもきっと心配しているわ。せめて病気が治るまで、ここに帰ってくることはできないの？」

千晶は顔を上げ、そして微笑んだ。

「うん……平気よ。母さん言っていたわ。これくらいのこと父さんも母さんもたいしたことなかったって。父さんならなおさらだって。わたし負けるわけにはいかないわ」

そして窓に広がる故郷の海に目を移し、光る波間を見つめる。

「……叔母さん」

千晶がまだ何か言いたそうなのを見て、芳子は彼女の次の言葉を待った。

「もし父さんがあそこを出されたら、わたしが引き取ります」

千晶の言葉は明瞭だった。

芳子は目を見開いた。そして言葉なく千晶の顔を見やる。澱みのない瞳、真っすぐな視線……そんな千晶を見るのは初めてだった。

「兄さんを？　東京で？」

「仕事や雑多なことを片付けてからになりそうだけど。父さんが戻るのは母さんのアトリエがあるあの家よ。わたしも……」

千晶は微笑んだ。それは芳子が久々に見る彼女の笑顔だった。

「わたしも、あの家に戻るから」

そして千晶は立ち上がった。

「おばさん、今まで本当にありがとう」

深々と頭を下げ、再び顔を上げて芳子に微笑む。その表情は芳子が驚くほど、輝きに満ちたものであった。

その時、一羽の海鳥が白い羽をはばたかせ、一際大きく鳴き空の彼方に消えていった。しかし二人がそれに気づくことはなかった。

二日後の朝だった。

千晶は再び東京に戻るために荷づくりを済ませ、家の掃除を始めた。

留守をする間、芳子の負担を少しでも減らさなければならない。

部屋は掃除機をかけ、床は水拭きをする。整理できていない廃品も多いが、その処理は次に帰省したときになりそうだった。

千晶は晶子のアトリエも整理にかかった。古い画版や、水彩用具をまとめ、使えるものと使えないものを分けた。

アトリエの窓を開けると、爽やかな風が入ってくる。空を見上げれば今日も快晴だった。

部屋の片隅には、母の遺作がその場に佇んでいる。もう何十年とその場から離れることのなかったその絵は、千晶がどんな時でもその鮮やかさを変えることはない。

その色彩は今、特別に鮮明な輝きがあった。心なしか嬉々とした色合いを湛えているようにも見えるのである。

千晶は掃除の手を休め、じっと「海光る」を見つめる。

千晶は思案する。

母はどんな芸術を極めようと考えていたのか？

そして今後、自分はどんな絵画を描いていけばいいのだろう？

しばらく千晶は、その場で静止したかのように母の遺作を見つめ続けた。

独特の色彩に彩られ、光が淡く乱舞する海。海辺に砂浜が広がり、陽光に向かい伸びる人影が三つ……。

やがて千晶は思い立ったように、水彩具と筆を用意した。絵の前にかがみ、しばらく真剣な面持ちで筆を動かす。

そして筆を止めた千晶は、顔を上げ穏やかな表情で、筆を加えた母の遺作を見やった。

「お母さん、できたよ」

その時、風が窓のカーテンを揺らした。

やがて千晶は、家の掃除を再開し、今度は庭の手入れをしようと縁側から外に出ていく。

その時千晶の携帯が鳴った。

「もしもし……恭介?……」

その声は彼女の気配が庭先に消えていくと、同時に小さくなっていく。

アトリエに残された「海光る」……。それは変わることのない輝きに満ちている。

光る海と眩しい太陽、そして美しい白砂。

ただそこに描かれた三人の人影は、今は影ではなかった。

右に父孝博、その左に母晶子。そしてその真ん中には、千晶自身の姿がはっきりと描かれていた。

アトリエの窓からまた風が吹き込み、カーテンを揺らす。

そしてそれは、絵画をやさしくなでるように吹き抜けていった。

終

晩秋に風なびき

遼は雲ひとつない空を見上げていた。

日が傾き、陽光が黄昏に乱舞していても、突き抜けるような青空は昼間と変わらなかった。大気の乾く秋の空、むしろその透明度は増し、遙か上空のさらにその果ての果てまで吸い込まれていくような恐怖さえ覚える。

ただそれは、都市部から離れ、澄んだ空気に包まれるここ吉永町でも頻繁に望めるものでもない。

都市部と違い、夜になれば、満天の星空がきらめく。それは宇宙の果てまで見渡せるような星屑の大河だった。今見上げる空も二〜三時間も経てばそれが望めることだろう。

遼は自転車のハンドルを握り、その場に佇んでいる。

遼の目の前には、稲刈り前の田園が、まるで黄金の野原のように広がっている。その果てには、遼の通う吉永高校の校舎が白塗りの壁を輝かせていた。

そのさらに向こう側には、海苔ひびが畳のように敷き詰められた海がある。

今この時分なら、白銀の水面が静かにうねる波とともに輝いていることだろう。

風光明媚。

この町を一言で表すなら、まさにそれだった。それ以外には何の特徴もない町。美しいがただそれだけの町だった。

遼の父哲也が、選挙の演説集会で言った言葉が頭をよぎる。

「独り住まいのお年寄りが増え、高齢化率が年々と増し、若者が都市部へと流出し続ける吉永町。このままでは過疎の町になってしまいます、だからこの町を活性化させましょう！ その為の企業誘致です、ぜひみなさんのお力で、この中井哲也を議会に送っていただき、その仕事をやらせてください！」

間違いではなかった。

吉永町は独居老人が増え続けている。

そして若者の流出である。

遼も高校を卒業したら、名古屋の大学に行き、そのまま名古屋に就職するつもりになっていた。遼の同級生たちもほとんど、卒業後は町外に出ていくと言う。

ただ一人、菜穂だけは違った。

「吉永町には吉永町のよさがあるんだよ。あの山も海もわたしたちの宝。だからあの里山をわたしは守る……」

遼は視線を移し、田園の北に豊かな緑が映える紅姫山を見やる。

菜穂の実家があるのは、あの山の麓だった。標高百メートル程度だが裾野が広く、秋が深まれば、燃えんばかりの紅葉に包まれる。

菜穂の愛してやまない里山だった。

その菜穂を遼は待っていた。

吉永高校を望むその先には、小高い丘がある。その昔、この地域を治めていた豪族の墓、いわゆる古墳である。遼は何気なく古墳を見やった。古墳を隔て、吉永高校へと通じる道路の歩道に一人の女子高生が自転車を漕いでくるのが見える。

菜穂だった。

「遅いよ」

遼は大声で声をかけた。

「ごめん。今度の文化祭に向けた歴史部の打ち合わせ」

菜穂は息を弾ませながら笑った。

細身だが丸い顔立ちで笑うと人懐っこい。

ショートヘアの髪が少しだけ、初秋の風になびいていた。

「少し風が出てきたね」

二人は並んで自転車を押しながら、歩道を歩く。

「秋が深くなったら、紅姫山の紅葉だね。今年はいつ頃かな？」

菜穂は正面の紅姫山を見つめている。

「そんなのまだ先だよ」

遼はうつむいた。

「山の話はやめよう」

「……」

菜穂は口をつぐんだ。

その里山は紅姫山といった。

菜穂の言葉を借りれば、様々な伝説に彩られたロマン溢れる山である。地元の菜穂にとっては、自慢の里山であった。

その紅姫山を造成し企業誘致する事業を推進しているのが、町会議員をやっている遼の父哲也である。そのこともあってか、里山の話は、二人の間でどこかタブーであった。

遼が菜穂と付き合い始めたのは、中学生の時だった。

その頃はまだ、企業誘致の話は、漠然と計画にあっただけだった。菜穂の愛する紅姫山が、その候補地として具体的な青写真ができ、町民に認知され始めたのは、父哲也の選挙のあった前の年からだった。町長がその推進計画を発表し、哲也がそれを支持して選挙の公約とした。そして当選を果たした哲也は、町民の支持を得たとして、その推進勢力の中心となり活動している。

だから遼は、その話題を極力避けるようにしているのである。

「それよりさあ、歴史部は今年、何を出すの？　去年の関ヶ原の模型、あれは傑作だよ、評判だったぜ」

「うん……別の意味でと言いたいのでしょ？」

菜穂は不機嫌になった。

「だってあれはないだろ？　段ボールにマジックの緑を塗っただけだったし。地形の起伏もないし」

「……今年は、吉永町のあちこちにある旧跡をやるから。今度は粘土使って地形をしっかり作るからね。最後の文化祭だし、去年のリベンジよ」

菜穂は勇ましく宣言した。

田園にはトンボが舞っているのが見える。

田圃に佇む案山子の肩に止まっては舞いあがり、青空に溶け込んでいった。

「バンド活動はどう？　今年も文化祭でライブやるんでしょ？」

「うん……。他のメンバーと話もしているけど、今年はやらないかも」

遼は田圃を見やりながら、頭を掻いている。

「どうして？　去年、あんなに盛り上がったのに？」

「あれは杉山の趣味だからな。パンクのノリなら外れはないだろ？　でも俺、パンクはあまり好きじゃないんだ」

菜穂は首をかしげた。

「杉山くんと喧嘩したの？」

「そうでもないけど」

日はさらに傾きつつある。田園は黄昏に染まり、空はオレンジの光を帯び始めていた。

歩道はこのまま北に行けば国道に出る。国道に沿うように紅姫山の雑木林が広がり、晩秋になれば紅葉が国道を舞う。

国道の横断歩道まで出た二人は、信号機が変わるのを待った。

国道沿いの歩道を、小学生たちが走っていくのが見える。幼くかん高い声が、天高く響き渡っていた。それを尻目に道路を大きなトラックが走り去っていく。この辺りの歩道はやや狭く、ガードレール越しでもヒヤリとさせられた。

「なあ、菜穂。ちょっと聞いてほしい曲があるんだ。今からそっちに行っていいか？」

遼の言葉は唐突だった。

考え事をして口が重くなったかと思えば、突然、関係のない話題で口を開く。そんな遼の性質を知ってか、菜穂は驚く様子もなく即答した。

「今からはダメよ」

大きなトラックが二人の前を横切った。遼はややうろたえた。

「なんで？」

「遼が中井哲也議員の息子さんだからよ。あとは察して」

やがて信号機が青に変わった。

遼は頭を掻きながら、菜穂と歩調を合わせ横断歩道を渡る。

「反対派の会議があるんだろ？　別に俺は……親父とは関係ないし。俺が親父のためにスパイするんじゃないかと疑っているわけ？」

「そうじゃないけど。里山のことでいろいろな人が出入りしているからね。遼が中井議員の息子だって知っている人もいるから、絶対に変な目で見られるよ」

遼は目の前の紅姫山を見上げた。

この里山を巡って町は今、大きく揺れている。しかし、その渦中にいるのは親父の哲也だった。しかし遼は、それは大人たちが勝手に騒いでいることであり、自分は関係ないことと思っている。しかし菜穂は違った。

菜穂の父は、娘同様、里山を壊すことに反対している。想いを同じくする町民たちと日取りを決めては、菜穂の家で会議を繰り返している。

今日はその日だった。今、喧々諤々と議論が交わされている頃だろう。反対派の住民たちは手弁当を持ち込み、夜中まで会議を続ける。だから推進派の息子である遼が、菜穂の家にくるのはまずいと彼女は考えているのである。

「どうしても聴いてほしいなら、わたしが遼の家に行く」

菜穂はキッパリと答えた。

「親父がいるぜ。議会の準備とかで家に籠って勉強しているし」

「構わないよ」

菜穂の言葉は、強がりであった。

紅姫山造成事業に反対する活動家の娘が、推進派議員の家に訪れるのである。緊張しないほうがおかしい。

その紅姫山に沿うように、高台に住宅が並んでいるのが見える。一段と高い場所にある菜穂の家も見えた。

「じゃあ、わたしはここで。遼の家に行くのは、いつがいい？」

「明日は？」

「そうだね、何も用事はないし。それじゃあ明日ね」

菜穂は手を振って、自宅へと通じる坂道を登っていく。

と、途中で足を止め、また遼に振り向いて声をかけた。

「……ねえ遼」

「うん？」

菜穂は寂しげに微笑んでいる。

「お母さんの歌でしょ？　わたしじゃわからないよ、きっと……」

遼は笑った。

「違うよ。ただ菜穂に聞いてほしいだけだって」

「……そう」

菜穂はまた、前を向いて坂道を登る。

遼は無言で、その後ろ姿を見つめるだけだった。

山の稜線には黄昏の色がかかり、沈みゆく太陽が空を赤く染め始めている。

どこからともなく聞こえる虫の音が、初秋の風をともなって静かに響いていた。

空は紺色で寒々としていた。

ただ、遼の手を引く母洋子の手は温かかった。

見上げればビルが立ち並び、イチョウの街路樹は黄色く染まっている。しかし、空の色がその鮮やかさを奪い、くすんで見える。その視線の先には、マフラーに首を包んだ母の白い頬。

母もまたその紺色一色に染まった空を見上げていた。

「……」

母は歌っている。

陽気な、弾むような声。その白い息が紺色の空気に溶け込むように消えていく。

時々、遼を見やり微笑むが、その陽気さとは裏腹にどこか寂しげで、遼は母とその想いを共有することは出来なかった。それは遼にとって置き去りにされたようで寂しく、そして悲しくもあり、ただその気持ちを表現できない自分がもどかしかった。

そんな遼の気持ちに振り向くこともなく、母はただ歌っていた。

そこにあるのは、ただ哀愁を帯びた母の笑顔。

そして寒空に響く、母の歌声。

その場所は都会のオフィス街か？

その記憶は脳裏を離れない。

そして耳について離れないその歌は、どういう歌だったのか？

遼は未だに解らない。

そして彼の脳裏には、歌い終わったあとの母の言葉が焼き付いている。それは母が歌っているのはなんという歌なのか？　母に尋ねたから、それに答えてくれたのかもしれない。その記憶も定かではない。

ただ、なぜか母の明瞭な答えだけは今も忘れないのだ。

母は笑ってこう答えた。

「紅姫さまのお山、知っているでしょ？　いつも見ているあの山よ。母さん、あの山が恋しくなったら歌うの。女ならわかる歌なのよ」

だから遼はひたすらその答えを追い求めていた。そこに未だ行方不明の母が失踪した理由があるように思えてならなかったからである。


台所から、忙しく包丁とまな板のリズムを刻む音が聞こえてくる。

昨夜、部屋のカーテンを閉め忘れたため、窓から入る朝日が遼の閉じた瞳を照らしていた。だから遼の瞼の裏は白い色に満ちている。

瞼を少しずつだが気だるげに開いた遼は、枕元の目覚まし時計を見やる。朝の七時三十分だった。

遼は慌てて飛び起きた。

見れば目覚ましのセットがされていなかった。昨夜、音楽を聴きながらまどろみ、そのまま寝てしまったのである。

台所には、祖母の実子が立っていた。味噌汁の香りが遼の鼻をつき食欲をくすぐる。

「ばあちゃん、いいって。俺がやるから……」

遼は味噌汁をかき混ぜる祖母からお玉を取り上げた。

「これ遼、あぶない」

実子は少し抵抗したが、遼は構うことなくコンロの前を占拠した。

味噌汁の鍋を覗くと具材は豆腐とネギとワカメ。定番である。毎朝交代で遼と哲也が作るものと変わらない。しかしやや煮立ち、豆腐などは崩れ気味になっている。遼はすぐにコンロの火を止めた。

「ばあちゃん、もう味噌汁できているから。親父を起こしてくるから、それから一緒に食べよう」

遼は祖母の両肩を持ち、せかすようにテーブルにつかせた。そして昨夜、炊いて保温しておいたジャーのご飯と味噌汁を三人分よそう。

父の部屋を覗き、ご飯ができたことを告げた。

哲也は起きていた。

机に向かい、書類に目を通している。遼に振り向くこともなく返事もしない。

「……遅かったな」

書類をしまうと哲也は、ボソッとつぶやいた。

遼が寝坊をしたことは、もう承知済みなのだ。

「ごめん。目覚ましかけわすれちゃって。ばあちゃんの味噌汁は、なんとか飲めそうだから」

哲也は立ち上がると、その厳格な視線を遼に向けた。

「最近は遅いな。昨日は何時に寝た？　音楽もいいが、やるべきことをきちんとやってからにしろ」

遼は憮然と押し黙ったままだった。

台所からは祖母の声が聞こえる。

「哲也、遼、ご飯ができた。いつまでも寝とったらいかん。はよう起きて食べな」

実子は冷蔵庫から漬け物などを出してテーブルに並べていた。

「起きたかえ？　遼、はよう食べんと学校に遅刻する」

実子は、遼が台所に駆け込んでコンロの火を止め、ご飯と味噌汁をよそったことをもう忘れていた。しかし、いつもの事なので遼は気にもとめなかった。

「……遼」

食事が始まると、哲也が口を開いた。

「音楽は何を聴いているんだ？」

哲也の問いに、遼は飯をかきこみながら、また憮然とした態度で答えた。

「言ってもわからないだろ」

哲也は鼻を鳴らした。

「お前が聴いているのが、最近の曲ならな」

遼はタクアンに手をつけ、ボリボリと音を鳴らす。

「音楽に興味ないくせに」

その後は無言で食事が続く。

味噌汁はやはりしょっぱかったが、祖母の手前、文句も言えなかった。祖母より早く起きて朝の食事の支度をする……それが間に合わなかったのだから、当然の結果だった。

長年、毎朝の日課を続けてきた実子は、もはや習慣というより機械のそれに近かった。それも記憶の欠陥を抱えた故障品……祖母には悪いが、それしか適当な言葉が見つからない。味噌汁の味を噛みしめるたびに、今朝の寝坊が悔やまれた。

食事をいち早く終えた哲也は、お茶を飲むとすぐに部屋に籠もった。議会が間近なので準備に忙しいと彼は言う。

しかし遼は知っている。

父が議会でほとんど発言はしないことを。町からの提案に異議など全く無いに等しい。だから準備と言っても議案を確認しているだけなのだ。

菜穂の話では、議員の中には議会にも関わらず、ほとんど勉強もしない人もいるので、議案や予算書に目を通す哲也は、まだましな方なのだろう。完璧主義者の哲也らしいといえばそうなのだが、その行為に何の意味があるのか遼には疑問だった。哲也の議員らしい仕事といえば、地元の行事に顔を出し挨拶をするくらいである。あとは何をやっているのか検討もつかない。ただ、近頃は夜遅く、酒くさい息を吐きながら帰ってくることが頻繁にあった。どうやら町長や同僚議員、そして様々な業種の人たちと会合や酒の席を設けているようなので、それなりの仕事はしているのだろう。

そんな父の籠もる部屋を尻目に、遼はカバンを引っさげて家の玄関を出た。自転車に乗り込み、朝の空気を感じながら、母校を目指す。

菜穂が家の前で待っているはずである。昨日の約束を思い出し、ペダルを踏む足にも力が入る。自然と自転車の速度は上がり、商店街が風のように通り過ぎるのを感じた。

幼い頃、母が自転車の荷台に自分を乗せて、保育園の送り迎えをしていた頃の記憶が蘇る。あの頃は小さかったこともあり、商店街がビル街のように思えたものだった。

母が歌った記憶の場所も、ひょっとしたら、この商店街だったのだろうか？　時々そう考えることもあるのだが、その景色は明らかにここことは異質だった。

〝女ならわかる歌なのよ〟

母の言葉がまた遼の脳裏に響いた。

遼は、中学時代からの友人（友人というより腐れ縁だが）杉山太一と高校に上がってからバンドを組み音楽活動をしていた。ギターやドラム、キーボードなど、およそなんでもこなせる。パンクやヘビメタなどにどっぷりと浸かる杉山とは音楽の趣味が違ったが、この三年間、二人で充実したバンド活動ができたと自負するものもあった。

そしてバンド活動の傍ら、歌謡曲、ポップ、洋楽……あらゆる音楽を研究してきた。杉山からは「音楽博士」とからかわれることもあるくらいだが、それほど幅広いジャンルの音楽を聴き、時にはギターを奏で、そして歌った。

それは情念に近いものがあった。

母の歌ったあの歌を、探し出す。そして自ら演奏し歌う……遼を突き動かしているのは、ただその想いだけだった。

遼のそれは「好きこそものの上手なれ」という生易しいものではなく、他の音楽好きともまた違った。

街中でマフラーを首に巻き白い息を弾ませながら、冬空を見上げ、声を響かせる母……。

その顔をただ見上げているだけの幼い自分……。

あの時、母が歌っていた曲はなんなのか？　その答えは未だに出ない。

そしてその答えが解ったとしても、母が戻ってくるという保証もない。

母洋子は失踪後、その行方は杳として掴めなかった。

ある朝、一通の書き置きがテーブルの上に残されていただけだった。

〝思うところがあって留守をします。しばらくは帰りません。わがままと勝手を許してください〟

実家にも洋子は戻っていなかった。

事件に巻き込まれたか？　あるいは自殺か？　警察も動いたが、結局、家出と片づけられた。

家出としたら、その想いはどこにあるにせよ、家族を捨てたことには変わりない。

その恨めしい気持ちは今もあり、遼にとって消しがたい心の傷だった。

哲也は当初、怒りを隠し切れなかった。それは遼から見れば、洋子への想いからきているようには思えなかった。当時、初めて町会議員に当選し、芽生えた自尊心を傷つけられ、顔に泥を塗られた怒り……。小学生だった当時、遼は子ども心に、そのように哲也を見ていた。

頑固で融通が利かず、保守的。そして気性も激しい。事あるごとに洋子を怒鳴り散らす姿を何度も目の当たりにしてきた。そして部屋ですすり泣く洋子の姿も。

そんな父に対する軽蔑の念は、母が失踪してからより強いものとなった。そして母洋子が失踪したのは、父哲也が原因だと今も疑っていた。

寒空の下、寂しげに歌う母のイメージは、その頃からあるのかも知れない。

商店街を抜けると、家がまばらになり、緑と金色が織りなす田園風景が広がり始めた。

左手の紅姫山に通じる歩道に入ると、足元の穂が垂れ下がり、縁に今にもつきそうなのが目についた。田園の向こうに裾野を広げる紅姫山は、陽光を浴びて緑に輝いている。

紅葉が真っ盛りになると洋子は、幼い遼の手を引き、この辺りまで自転車を走らせて紅姫山を望んでいた。晩秋の風に髪をなびかせ、収穫の終わった田圃に足を踏み入れていく。

あの歌も歌っていた。

それは秋風に乗り、遼の耳をやさしくなでた。

遼はただ、そんな母の後ろ姿を見つめるだけだった。そして遼に振り返り、手招きをする。

それはあの寒空の下で歌った、寂しげな横顔とは違う、幸せそうな笑顔であった。

そして手を振り、遼を呼んでいる。

「遼！」

母の声が変わった。その笑顔も菜穂のそれに変わる。

「遅いよ！　寝坊した？」

「……」

いつの間にか、菜穂の家の前に来ていた。

遼は菜穂の顔をまじまじと見つめる。

「なによ？　顔になにかついている？」

遼は我に返り、菜穂に微笑んだ。

「ああ、ご飯粒が」

菜穂はあわてて頬をなでた。

「嘘だよ」

遼は青空に響くように高々と声をあげて笑った。

怒って自転車を走らせる菜穂を遼は慌てて追いかける。

二人が自転車を走らせる先には、白壁が朝日に輝く吉永高校の校舎が、穂の海に孤島のように佇んでいた。

遼は杉山太一と、音楽室の倉庫部屋で、ギターの調整に余念がなかった。

ピアノやドラムなど、大きな楽器が所狭しと無造作に押し込められている室内で、二人は狭いながらも、きちんとそのスペースを確保して弦を弾いている。遼のアコースティックギターは、木の木目が映えるくらいに美しい。太一が持つエレキギターのメタリックな輝きとは対照的で、二人が同じバンドのメンバーとは思えないくらいに対をなしていた。

太一は遼の顔をちらりと見た。

遼は太一の視線を知ってか知らずか、ただ自分のギターと会話をするかのように没頭している。太一は溜息をつきながら、口を開いた。

「なあ、お前さあ、わけくらい話してくれてもいいだろ？　そんなに忙しいからって、高校生活最後の文化祭じゃねえか。思い出になるしさあ、やろうよ」

「別に、俺がいなくたって出来るだろ？」

遼はギターの弦を凝視したままだった。

「お前がいなけりゃ話にならねえって。他のメンツ見てみろよ。素人みたいなもんだから、俺たちが引っ張らないとまともなライブにならないじゃん」

「俺だって素人だよ」

遼の答えはにべもなかった。

「よく言うぜ」

太一は呆れたようにギターを横に置くと、「やってられない」とばかりに両手を後ろに回して「あ～あ！」と大きな溜息をついた。

「じゃあ、せめて教えてくれよ。何がそんなに忙しいのさ？　理由言ってくれないと、俺だって他のメンバーだって納得できないだろ？」

「……」

遼は顔を上げて杉山を見やる。

そしておもむろに、自分のカバンの中からＣＤを取り出して彼に見せた。

太一は、それをまじまじと見つめて、またうんざりとしたように三度目の溜息をついた。

「それ、七十年代の歌手だよね？　わかってるよ、お前の言いたいこと。お前の好きなジャンルならやるって言いたいんだろ？　でも、この前のミーティングで去年と同じ路線でやろうって、みんなで決めたじゃねえかよ。お前だけのわがままじゃ、どうにもならないって」

「そうじゃないって」

遼は、ＣＤジャケットをじっと見つめた。

「今はこのバンドの曲を、じっくり聴きたいんだ。ヘビメタやパンクの練習やっていたのじゃ、集中できない。悪いけど、今の俺は、それが一番大事なんだ。分かってくれ」

太一は腕を組み、しばらく遼をじっと見つめた。しかし、やがてうなだれ「もう勝手にしろ」と匙を投げた。

「分かってくれなんて言われても分からねえよ。でも、もういいや。お前にとってそれが大事なら、好きにしろよ。俺は文化祭諦めないからな、お前抜きでも成功させてやるよ」

そう言うと太一は、エレキの電源を入れて「ギュイーン」と音を出した。遼に気を使い、自粛していたのだが、遼がその気なら「俺も勝手にやらせてもらう」とばかりに、けたたましく奏でる。

遼はそんな太一の様子にもどこ吹く風とばかりに、ギターの調整を続ける。

二人が倉庫部屋に籠もり、ギターやその他の楽器の調整、そして練習など、放課後に行うのは彼らの日課になっていた。どちらが言い出したともなく、いつの間にか始めていたことだった。

他のメンバーは、「面白そうだからやってみようか？」という感じのメンツが揃っている。みんな「素人」である。しかも遼や太一のように、放課後まで学校に残り、少しでも上達しようとする向上心も皆無であった。遼が楽器を教えてようやくバンドの形が整ったのである。しかしその遼が抜け、太一がメンバーを引っ張っていくことになれば、彼はいささか心許ないのだろう。

「去年と同じライブをやるんだろ？　なら去年みたいに準備していけばいい。そんなに難しいことじゃないよ、同じことをやればいいんだから」

そう言って遼はジャケットをカバンに戻すと、再び弦の調整に勤しんだ。そして時折、弦を鳴らす。その視線はギターのネックに注視したままである。

「勝手なのはわかっている。考えてみるよ。ただ、少し時間をくれ。こいつが解決しないと無理なんだ」

そして遼は立ち上がった。

「これから菜穂と待ち合わせなんだ。悪いけど先に帰る」

太一は頭を掻いた。

そして音楽室を後にする彼の後姿を、ただ見つめるだけだった。


紅姫山が燃え立つような朱色に染まり、紅葉が紅蓮に舞う季節は、菜穂にとって一年でもっとも待ち遠しい時期だった。それもあと二ヶ月ほどで訪れる。

山の中腹には稲荷神社があった。その参道には、鮮やかな朱色の鳥居がいくつも連なり、トンネルのように拝殿へ向けて伸びている。

幼い菜穂はそのトンネルの中で、紅葉を拾い集めていた。イロハモミジ、オオモミジ、ケヤキ、ナナカマド、ユリノキ……紅姫山の雑木林は多種多様の木々が枯れ葉を散らす。だから菜穂は飽きることを知らなかった。

その幼い頃の記憶を胸に、仰ぎ見る紅姫山は、西日を受けて赤や黄の色をなし、カラスが山の頂に響き渡るような鳴き声を上げていた。

その昔、京の都より許嫁から逃げてきた姫君が、里の若者と恋に落ちた。しかし、晩秋の頃、京より武装して家来を引き連れた許嫁が、姫君を追って里まで迫った。姫君は若者と里山に逃げ、その山中で若者と自害し果てた。そして姫君の赤い血が、山の木々の葉を朱色に染めた。だから季節になるとそれが紅葉となって色づき、山に晩秋の風が吹き紅葉を散らす……。

それが地元に伝わる紅姫山の言い伝えであった。

この山はそんな悲劇のヒロインが眠るロマン溢れる里山、けして手をつけてはならない……

企業誘致の話が持ち上がった時から、父の祐介は口癖のようにそう言った。

去年、地域の役を努めていた父祐介は、役員の会合があった時、そこに同席していた企業誘致の急先鋒、中井哲也議員と激しい口論となり、酒の勢いも手伝って、つかみ合いになったことは語り草である。

菜穂は遼の隣で溜息をついた。

自転車を押す二人を西日が照らし、歩道にうっすらとした影をつくる。二人は学校帰りだった。

遼は菜穂をちらりと見た。

菜穂の気持ちをなんとなく察したからである。

「なんだよ、家に来るっていったのは菜穂だろ？　大丈夫だよ、あんな親父でも鬼じゃないんだから。それに俺たちの親が仲悪くても、俺たちには関係ないし」

菜穂はまた溜息をついた。

遼はそう言うが、紅姫山の話をすると避けたがる彼もまた、親たちの関係を微妙に気にしている節がある。だから彼の言葉もどこか、強がりにも似た印象を受けるのである。

そんな菜穂が心なしホッとしたのは、家の庭で花壇を手入れしていた哲也が、ニコリと微笑みかけた時だった。

「菜穂ちゃんだね。久しぶり。遼、あまり遅くまで彼女を引き留めるなよ。帰りはお前が、きちんと彼女の家まで送ってあげなさい」

遼は無言でうなずき、菜穂を部屋まで招き入れた。

遼は普段、ヘッドフォンをつけて音楽を聴いているが、菜穂と一緒に聴きたかったので、そのままＣＤラジカセをかけることにした。

部屋の座布団の上に正座して座った菜穂は、どこか釈然としない表情で遼を見やった。

遼はカバンからＣＤのジャケットをとりだした。

「七十年代の歌手だけど、古くさく感じないんだ。ただ郷愁を誘うというか……菜穂なら好きになると思う」

「うん……」

菜穂は首をかしげている。

「遼、やっぱりわたしじゃわからないって。だって遼のお母さんの心境だって、わたしはわからないもの。きっと力にはなれないよ」

遼は神妙な顔つきで菜穂を見つめた。

「言っただろ、俺はただ菜穂に聴いてほしいだけだって。感想を言ってくれれば、それでいいんだ。母さんは、菜穂と同じようにあの山が好きだったから……」

菜穂は、ますます困惑した。

〃紅姫さまのお山、知っているでしょ？　いつも見ているあの山よ。母さん、あの山が恋しくなったら歌うの。女ならわかる歌なのよ〃

遼の母、洋子の言葉……遼からのヒントはそれだけである。

紅姫様のお山……それが紅姫山を指していることは明らかだった。

菜穂は紅姫山を愛してやまない。

色とりどりの紅葉、稲荷神社の鳥居……。夏になれば、蝉が山を割らんばかりに無数に鳴き、冬は木枯らしが舞い降りる。春になれば桜が咲き乱れ、花吹雪が舞う。

吉永町の春夏秋冬とともに紅姫山は息づいてきた。

その麓に住む菜穂は、それを常に身近に感じ、里山とともに自分はあると思っている。

その想いは、父祐介をはじめ、菜穂の家族にも共通したものが流れている。それは、紅姫山を愛する吉永町民なら、わかる想いでもあるだろう。

しかし……。

菜穂は奇妙な違和感を覚える。

遼の母洋子も紅姫山を愛していた。その想いを歌に込め、いつも歌っていた……と遼は言う。

ではその洋子の家族はどうなのか？

遼の父哲也は、企業誘致に躍起になり、その里山さえ破壊することも厭わない。

遼でさえ、里山から離れたこの中心街で育ったためか、山に対する気持ちはどこか希薄である。洋子との思い出はあるかもしれないが、その想いは山に対する気持ちというより、母への思慕の念からくるものと菜穂は考えていた。

だから遼の母が、紅姫山に想いを抱いていたという話は、にわかには信じられないのである。

そもそも遼自身、そういった諸々が解っていない節がある。アーティスティックで研ぎ澄まされた感覚、ただそれだけで生きている……それが遼に対して菜穂が常に抱いている印象であった。

彼は、自分の思い出の中に、母洋子の行方に繋がるヒントを捜しだそうとしているが、まるで漠然としていて、ハッキリとした根拠もない。ただ闇雲に母の幻影を追いかけているだけのように思えた。

そしてそのヒントを自分に求めようとしている。

(紅姫さまのお山、知っているでしょ? いつも見ているあの山よ。母さん、あの山が恋しくなったら歌うの。女ならわかる歌なのよ)

菜穂なら、その言葉の意味が解ると遼は言う。

母が歌ったあの歌さえ特定できれば……。

母と同じ想いで紅姫山を愛した菜穂ならば……。

そして菜穂は女である。

「遼……思うのだけど」

菜穂はそのジャケットを見つめていた。

「遼のお母さんは名古屋の出身じゃなかった? だから、元々この町の出身じゃないよね? どうして紅姫山が恋しくなったのかしら? それにあの山を眺めていることもあったわけでしょ? そんな身近にあるのに、山が恋しくなるって?」

遼は考え込んでいる。

そして遠くを見つめるような眼差しで窓の外を見ていた。日は傾き、空は赤く染まっている。今頃、紅姫山は赤い空をバックに黒々とした山影を見せていることだろう。

「親父に聞いたことがあるよ。結婚前、二人はあの山でよくデートしていたって。詳しいことは教えてくれないけど……」

「え？」

菜穂は戸惑いの色を浮かべた。

遼の両親が、紅姫山でデートをしていた？

初めて聞く話である。

遼と菜穂は、中学以来のつき合いである。

個人的な悩みや家族のこと、将来の夢や不安や希望、そして過去のこと……お互いに何でも話せる仲であった。

心を開くことの少ない遼が、行方不明の母のこと、そしてその想いを打ち明けることが出来たのは、一重に菜穂の人柄ゆえである。遼の複雑な心の襞を読み解くのは、菜穂にとっても一筋縄ではいかない。しかし本来、心の奥底に封印してしまうであろう母のことを、自分を信頼してポツポツとであるが、打ち明けてきてくれた。それが菜穂をして遼とその想いを共有し、そして彼の力になりたい、寄り添いたいという気持ちを芽生えさせた。

だから菜穂は、遼がその複雑な生い立ちに関することを話すと、敏感になるのである。

「もういい？　まだ聞きたいことある？」

菜穂は首を振った。

「うん……もういいよ。とりあえず聴いてみる」

遼はCDをラジカセにセットした。

「一番、最後の曲だよ。母さんの歌った歌のフレーズがこれに近いように思えるんだ。初めて耳にした時にピンときた。とりあえず聴いて」

そしてその楽曲は……再生された。

女性のヴォーカリストだった。

もの悲しくも、母性さえ感じる恋人への想い……。

それが菜穂の胸を打つように伝わってくる。

紺碧の寒空の下、白い息を吐きながら歌う切ない横顔……。

晩秋の紅姫山を望み、遼に微笑みかけるその寂しげな後姿……。

今まで遼がポツポツと話した母洋子の、その儚げな姿が蘇るようで菜穂はただじっと、聞き入った。

だから、部屋のドアを開けて立ちすくむ父哲也と、遼が睨みあっていることに気付いたのは、「止めろ」と哲也が静かな声音でつぶやいた時であった。

「遼……」

哲也は恐い顔で遼を睨んでいる。

「止めろと言っているんだ。すぐに止めろ！」

哲也は怒鳴った。

それは庭で菜穂に微笑みかけた時とは、まるで別人であった。

遼はただ無言で哲也の顔を見つめている。その表情は驚きに満ちていた。

「親父……」

遼はやっとの思いで口を開いた。

「遼！」

哲也の声がより低く鋭い声音となり、恐さを増す。菜穂は慌ててラジカセのスイッチを切った。

しばらく沈黙が続いた。

「……遼」

静寂を破るように哲也は溜息をついた。

「もう遅い。菜穂ちゃんを家まで送って行きなさい」

そう言い捨てて哲也は、応接間の方へ姿を消した。

「……遼？」

遼の様子に気づいて菜穂は、彼の顔を覗き込んだ。

遼は茫然としている。その視線の先にぼんやりと虚空を見つめながら。

そして遼はつぶやいた。

「これだ……やっぱり……この曲だ……」

菜穂は遼の頬に、一筋の光るものが伝うのを見た。

窓の外は夜の帳が下りようとしている。無数の星がきらめき、流星が舞う……そして銀の大河が煌々と流れる時間はもう間もなくだった。


その歌は「晩秋に風なびき」という曲だった。

七十年代に結成されたノスタルジアというバンドで、ジャケットはこの一枚しかないというマイナーなグループだった。

母性さえ覚える、包まれるような歌声、女性の恋人を想う恋心、すれ違う寂しさ、そして郷愁を誘うメロディー……それが「晩秋に風なびき」を聴いた菜穂の感想だった。

(紅姫さまのお山、知っているでしょ? いつも見ているあの山よ。母さん、あの山が恋しくなったら歌うの。女ならわかる歌なのよ)

あの時、母洋子はそう遼に答えて微笑んだ。

それは菜穂の感想と、遼がこの歌から感じるものとほぼ一致していた。

そして遼は考える。

洋子がこの歌を歌い、遼に寂しげな笑みを浮かべて幼い遼に答えた……あの場所はどこなのか? そしていつのことなのか?

あの寒空の下で歌った母の横顔。それを見上げた先には、高い建物が立ち並んでいた。

あの風景は洋子の実家があるという名古屋のビル街ではないだろうか?

その記憶の中にある光景について、遼が話をしたのは菜穂だけだった。

父の哲也には、一度も話はしていない。

遼は洋子の実家を知らなかった。そして母方の祖父母に会ったことなど一度もないのだ。

(名古屋の親子さんには反対されてねえ、わたしも何度、名古屋に足を運んだことか……)

祖母の実子が、認知症になる前から、二人について口癖のように言っている言葉である。

その後、洋子の両親が二人の結婚を認めたのか、半ば駆け落ち気味に二人は結婚したのか
……？　その顛末を遼は、これまで哲也から聞いたことはなかった。

哲也は洋子と結婚してしばらくのち、地域の顔役に頼みこんで議員に立候補した。

そして当選してから、まるで何かに取り憑かれたように、町内の様々な企業、区長、各地域の顔役などに名前を売り、接待に走った。

そして今の町長とも蜜月の関係になり、紅姫山造成と企業誘致にひた走っている。

〝中井議員は町長になりたがっている……〟

町内でそんな噂が持ちきりになるのに、時間はかからなかった。

それは父の議員活動に無関心な遼でさえ、傍目にもわかるほどであった。

ただ遼は、感じていた。

洋子の両親に認められなかった結婚、哲也の異常なまでの町政に対する執着、そして洋子の失踪……これらは一つの線で繋がっているのではないか？

哲也と洋子、そして遼にとっては祖父母になる洋子の両親……三者の間に何があったのか遼

は知らない。遼にとってそんなことは、今さら知ったところで、どうということはないし、たいした問題でもない。

ただ、両親と祖父母たちの相反や軋轢……一連の流れの中で、置き去りにされたその思い……それだけは、どこにもぶつけようのない積年のやるせなさだった。

だから、かつて母が歌ったであろう曲を、哲也が聴いた時の反応には、強い反発さえ覚えたのだ。

（止めろ！……止めろと言っているんだ。すぐに止めろ！）

哲也は明らかにあの曲を意識して、言葉を荒げていた。

遼があの曲を初めて聴いた時に、ピンとくるものがあったが、哲也の反応でそれは確かなものに変わった。少なくとも哲也はあの曲を知っている。

遼は確信した。

その哲也は今、部屋に籠りきりである。

学校から帰った遼は、夕ご飯の支度を始めていた、祖母が台所に立つ前にやらなければならないので、帰宅後すぐに動いた。やがて祖母がモタモタとしながら台所に入り、野菜を切り始めるのだが、大概は味噌汁の具になるので、それは祖母に任せることにした。

やはり長年のベテランである。食事を作るうえで、監視をする分には、大きな戦力である。任せた方が効率のいい時だってある。ただ、火の扱いだけは危なっかしいことこの上ないので、その作業は取り上げてでも自分がやらなければならなかった。

食事の用意ができても、哲也が部屋から出る気配はない。一応、声はかけているので、好きな時に台所に来るだろう。

杉山太一ら、バンドのメンバーが訪れたのは、食事が終ってすぐのことだった。

「遼、折り入って話があるんだ」

太一が切り出したのは、やはり文化祭の件だった。

遼の部屋で小一時間ほど、話し合いが続く。

熱弁を振ったのは太一だった。遼と高校生活最後の文化祭を締めくくりたい……そんな太一の熱意に、遼も心動かされないわけではなかった。そして、母の歌と思わしき曲が見つかったこともあり、遼がバンド活動に乗り気になれない理由の半分は解決している。遼としても三年間、音楽活動を続けてきた仲間と、最後の文化祭でライブをやることは、けしてやぶさかではなかった。

「それでさ、みんなと話し合ったのだけど、今年はパンクはやめてさ、遼がやりたい曲で文化祭を締めくくろうってことに決めたんだ。俺たちは遼がいなければ何もできないバンドだったからな。それでもお前は、素人みたいな俺たち相手に、本当によくやってくれたよ。だから最後くらいは、お前のわがまま聞いてもいいのかな？　って思ってさ」

遼は苦笑した。

「なんだよ、わがままって。別にわがままなんて言ってないし……でも、しょうがねえな。出るよ、俺。曲も去年みたいにパンクでいい」

太一の顔がぱっと、明るくなった。

「遼……」

「ただし！」

遼は太一の言葉を遮った。

「一曲だけ、これをやりたいんだ」

遼が示したCDを見て太一は、首をかしげた。

「クオリティーの違う曲を、同じライブでやるんはどうなんだろ？　パンクをやるっていうなら、パンクだけにしたほうが……お前がその歌手の曲をやりたいというなら、それに近い曲でまとめようよ」

遼は笑った。

「大丈夫だよ、この曲をやる前に、俺が前説を入れて空気を変えるから。とりあえず、パンク主体でやろう。俺がやりたいのは、一曲だけだから。コードは俺が教える」

そして練習する日程や時間など、決めることだけは決めて散会した。

太一たちが帰ってから、遼は哲也の部屋に入った。

哲也は机に向かい、資料に目を通している。

「親父、十一月に学園祭があるのだけど、議員も招かれるよね。俺たちのバンドもライブやるから観にきてくれないかな？」

哲也はしばらく無言だったが、やがて溜息をついた。

「パンクとかロックとか。お前たちのやる音楽なんて、とても聴く気になれんな」

「あの曲もやるんだ」

遼は、哲也の言葉を被せるように言った。

「あれ、母さんが歌っていた曲なんだろ？　昔、いつも母さんが歌うのを聴いていたんだ」

哲也は顔をあげた。そしてゆっくりと振り向き、遼の顔を見つめた。

「菜穂が来た時、なんで止めろなんて言ったんだよ？」

哲也はまた、机に向き直った。

「あの時は、あまりにも音が大きすぎたからだ。あの音量では近所迷惑だ」

「嘘だろ」

遼の言葉は短く、しかし胸を刺すような鋭さがあった。

「そうやって逃げて。いつもそうだ」

哲也は遼を睨んだ。そして声を荒げて怒鳴った。

「逃げる？　馬鹿を言うな！　逃げたのは母さんだ！」

哲也の目は血走っていた。遼がこれほど恐い父を見たのは、菜穂が来た時と合わせ、久方ぶりである。しかしその言葉は、遼の追求を半ば肯定していた。

「もう、母さんの事は忘れろ。母さんは……いや、あの女は家族を置いて逃げたんだ。妻としても母親としても失格なんだ」

哲也は拳を握りしめた。

「親父は忘れたいかもしれないけど、俺は忘れられない。俺、覚えているんだ、母さんがこの歌を歌っていた時に、俺にこんなことを言ったんだよ」

「……」

「紅姫山が恋しくなったら歌うって……女ならわかる歌だって……」

遼は哲也に詰め寄った。

「小さい頃の記憶さ。母さんは、いつもあの曲を歌っていた。だからあの歌について俺は、一回だけ母さんに聞いたことがあるんだ。どういう歌なのかって……。俺は母さんが言ったあの言葉が、どうしても耳について離れない、どうしても忘れられない！　なあ、親父、あの言葉はどういう意味なんだ？　母さんはなんで、俺にあんな事を言ったんだよ！」

哲也は無言のままだった。そして顔を上げようともしなかった。

「黙りかよ」

遼の言葉は震えていた。

「俺は親父と母さんに何があったかなんてどうでもいい。いまさらだよ。話したくないなら、それでいいさ。でも俺は、けじめがつかなかった。でもこれでケリをつけるよ、あんたにあの曲を聴いてもらってね」

「……」

「もう振り回されるのはごめんなんだ。あんたたち夫婦の関係とか、母さんの記憶とか……これで終わりにする」

遼の言葉は冷たく響いた。そして静かに部屋を後にした。

静寂の中で哲也は、身じろぎもしない。ただ下を向き、床を見つめているだけだった。

それは時が止まり、永遠に続くかのようにも思われた。

部屋にある時計の針が刻々と時を刻む。そして、その音だけが部屋を支配するばかりであった。


傍聴席から見下ろす議場からは、眠気を誘うような議長の張りのない声が、マイク越しに響いていた。まったりとした空気をも、まとっているように感じる。菜穂の父、石川祐介は、その様子をイライラとした気持ちで睨むように見やっていた。

吉永町議会の九月議会が始まり、今日は議員による町当局への一般質問がある日だった。

議場は閉塞した空間だが、十六人の議員と、その正面で雛壇のように整然と席に座る当局者の間には緊張のかけらも見えない。傍聴に来るたびにウンザリとさせられるのだが、それでも唯一、企業誘致とそれに伴う紅姫山の造成に反対を表明している議員がいるので、彼の質問だけは傍聴したかった。

その議員はよく勉強もしているので、彼が登壇する時だけは、議場がピリリと締まる。

なにより、一般の町民には知りえない情報を当局から引き出してくれるので、聞き逃すことはできないのである。

そして今日は、企業誘致の急先鋒、中井哲也がめずらしく一般質問をやる。

反対派の議員の向こうを張るように、彼も企業誘致について質問をすることになっている。質問の内容は、これまで当局が示してきた企業誘致に対する方針をなぞるだけの、中身のない質問なのだが、軽視はできなかった。

これまで中井議員以外でも賛成派の質問はあったが、その度に地域新聞は大きくとりあげてきた。毎回のように質問する反対派の議員のほうが、遙かに内容が濃く充実しているにも関わらず、その扱いは小さい。この不公平なマスコミの報道に、祐介は何度となく新聞社に抗議をしているのだが、今のところ改まることはなかった。

おそらく町長や賛成派議員、関連する業者などと、蜜月の関係が築かれているのだろうが、証拠となるものもないので、いかんともし難かった。

ただ反対派の議員が発行する議会報告は、吉永町全域に全戸配布されるので、町民の関心は高まっている。

祐介もその報告で紅姫山の造成について知った口である。以来、有志を募り、反対運動を繰り広げているのだが、議会がこのような状況では、無力感が募るばかりだった。

傍聴席には、祐介のほか誰もいない。

平日とはいえ、町政に対する関心のなさが現れているようで、寂しい気持ちになる。反対運動のメンバーも誘ったのだが、祐介のように会社を休んでまで来ることはなかった。

また稲刈りの時期に差し掛かり、兼業で農家をやっている人にとっては、暇を見つけることも難しいようである。

先に登壇したのは、中井議員だった。用地の買収状況、残土の行方、河川や海、生態系など、環境への影響……そして誘致できる企業の見通し……などなど、棒読みの質問が繰り返される。

ほとんどの質問が、反対派議員の報告で知らされている事柄ばかりであった。そしてそれに対する当局の回答も欺瞞に満ちたものばかりだった。

もはや茶番である。

「中井議員の質問にお答えします。造成予定地の山林には一〇六名の地主がおりますが、現在一〇一名の方に署名していただいており、その推進率は九五パーセントであります。残りの地主の方々とも引き続き交渉を続けており、ほぼ理解を得ておりますので、すべての用地買収が完了する見通しはたっております」

嘘である。

用地買収にサインしていない地主たちのうち、紅姫山の造成に反対する地主が五名いるのだが、そのうち四名は反対運動のメンバーであった。この辺りでは珍しい棚田を里山に開き、管理している地主もいれば、様々な水生植物の育つ沼地を、その用地に持つ地主もいる。いずれも紅姫山の山林を愛してやまない人たちなので金で動くことはない。残りの地主とは金銭的な面で折り合いがついていない。相場とは、かけ離れた金額をふっかけているらしく、しばらくは揉め続けるだろう。

「……残土につきましては、釜浦市沖合に建設が予定されている『リゾートタウン釜浦』の埋め立てに使用される見通しです」

祐介は、思わず鼻を鳴らしてしまった。

吉永町の隣に隣接する釜浦市では確かに、「リゾートタウン釜浦」の造成と埋め立てが計画されている。県の主導のもと、第三セクター方式で進められるこの事業はしかし、地元の海苔生産業者や漁師たちの強固な反対運動に直面し、頓挫しかかっていると聞く。要するにどこにも、もって行き場がないのだ。

仮に残土の搬入先が決まったとしても、往来するトラックの交通量が増え、通学路に面している紅姫山周辺を通う小学生など、歩行者の安全面が脅かされる。中井議員を推す地元からも、そういった不安が出ていると聞くが、彼がそれ以上、追求することはなかった。

「……河川や海、生態系など環境への影響につきましては、環境アセスメントに充分配慮しその基準を満たした推進計画のもと、事業を進めて行きますので問題はないと認識しております」

祐介は思わず、怒鳴りたくなった。

紅姫山造成による環境への影響は、計り知れないものがある……環境問題を扱う教授や活動家など、様々な専門家に意見を寄せてもらっているが、いずれも警鐘を鳴らしていた。

それを踏まえた意見書や陳情、誓願などを議会や町長に提出しているのだが、まるで聞く耳を持たない。挙げ句が議会でこのような答弁である。祐介は怒りを通り越して、呆れるより他にはなかった。

そして、地元の漁師からも不安の声が高まっている。紅姫山から流れる河川は二つあるが、広大な山林を削ることによって、海が汚染されるのではないか？

吉永町や釜浦市は湾に面する市町である。

「リゾートタウン釜浦」による海埋め立てと相まって、湾が汚染され自分たちの生存権が脅かされる……それがこの地域に根付く漁民たちの共通の不安になっていた。行政サイドは今、そういった住民の不安に背を向け、暴走していると言っても過言ではなかった。

だから祐介にとって、この現実とかけ離れた議会は、まるでおとぎ話に迷い込んだかのようで、ただ歯がみをする思いが募るばかりだった。

「……企業誘致の見込みについては、いくつかの企業に打診はしております。しかし何分、用地の造成を終えた後の話になりますので、現段階ではなんとも申し上げにくいのが現状ではあります。しかし、いくつかの先進事例にならい、必ず優良企業を誘致し、吉永町の発展の大きな起爆剤になるよう邁進する所存であります」

いくつかの先進事例とは何か？

この企業誘致は、工場だけでなく社員の住宅地も視野に入れた開発である。また、広大な用地のため、よほど大きな企業が入り、その工場ができれば別だが、結局は複数の企業が入らなければ、用地が余ることになる。しかし、これだけ大きな規模の開発に見合う工場や社員の住宅地の誘致など、近年で成功した例はあまりない。

明らかに見通しなどないのである。結局、自然を破壊するだけ破壊し、草木も残らぬ荒れ野を晒すだけではないのか？

予定された哲也の最後の質問が終わった時、祐介は募る憤懣を和らげるため、一旦、傍聴席を外すことにした。

反対派議員の質問までは一人をはさむので、まだ時間はあった。

そして席を立とうとした、その時であった。

「議長！」

哲也が手を挙げた。

まだ質問があるという意志表示である。

「最後に……用地となる紅姫山についてですが……」

哲也は何か言い淀んでいる。

彼は何を言わんとしているのか？　哲也は再度、席に座り直した。

「あの山は晩秋の頃になると奥地まで、紅葉で真っ赤に染まることは皆さんもご承知のことと思います。それ故に、山を残したいと反対されている方々もおられます。山の木々をいくつか、別の場所に移植していくことはできないでしょうか？」

議場がシーンとなった。

そして場内がざわつく。町長の隣に座る執行部の一人が、唖然とする町長に耳打ちをしている。哲也の予期せぬ質問に、町長も執行部も戸惑っていた。

祐介は「ふん」と鼻を鳴らした。

明らかに自分を意識した発言である。誤魔化しにもほどがあると祐介は、その頭に唾を吐きかけてやりたくなった。そもそも、この問題は紅葉がどうのというだけに留まるものではない。彼の頭の中身は、その程度の問題意識しかないのか？

「……お答えします。議員がご提案された点につきましては、現段階では考えておりません。しかし、検討はしていきたいと思います」

こういう質問をしておけば、山林開発に対するネガティブな風潮が少しは和らぐ……哲也はそう考えているのだろう。子ども騙しも大概というものである。祐介は溜息をつき、再度立ち上がろうとした。

「議長！」

哲也の質問はまだ続いた。

「是非、お願いします。実はあの山には、とてつもなく大きなイチョウの木がありまして……丁度、造成予定地のほぼ真ん中にあると思うのですが……本当に大きなイチョウです。紅姫山の紅葉は赤い葉だけではありません。イチョウのように黄色い葉をつける木々もまた多くあります。そのイチョウの木は、そんな黄葉樹の代表格です。あれだけ大きいと移植は無理だと思いますが……あれだけは……いや、これは質問ではありません。わたしの質問は以上です。終わります」

資料を片付け、自分の席に戻る哲也を、祐介は呆然と見つめた。

（大きなイチョウの木？　そんなものが……）

聞いたことがなかった。

祐介は反対運動の一環として、紅姫山を巡る散策ツアーを何度か実施している。紅姫山の麓で育ってきた祐介にとって、山は自分の庭のようなもので、人の入れる場所は、ほぼ知り尽くしていた。

だから哲也の言うイチョウの木など、存在するとは思えなかった。

(何を言っているんだ？　あいつは……？)

「暫時休憩します。再開は十一時からです」

議長の声が議場に響いた。

議員たちが次々と議場を後にする。

哲也だけは残り、町長や執行部となにやら会話している。町長が腕組みをして困った表情を浮かべているのを見ると、馴れ合いの空気は感じられない。哲也の横顔は、能面のように無表情だった。

祐介は立ち上がり、思わず叫んだ。

「哲也！」

町長や執行部の面子が驚いて、祐介を見やる。

しかし、哲也が祐介の方に振り向くことはなかった。

菜穂が父の祐介に誘われて、紅姫山の山中に入ったのは十月の中頃だった。

祐介の誘いに菜穂は、あまりいい顔はしなかった。企業誘致の話が持ち上がってから彼女は、祐介の主催する紅姫山散策ツアーに何度も参加してきた。だから何を今さら？　という気持ちもあった。そして学園祭の準備で忙しい身でもある。休日も惜しんで吉永町各所にある旧跡を取材したいところなのに、父の気まぐれにつき合っている暇などなかった。

「気まぐれじゃないよ、紅姫山だってあんな逸話が残っているくらいだから、立派な旧跡だろ？　まあ、お父さんに任せなさい、いい所に案内するから」

父の誘い文句に渋々、ついていくことになった菜穂ではあるが、そもそも、紅姫山のほとんどを知り尽くしていると自負する彼女にとって、目新しい場所など、そうそうあるとは思えなかった。

ただ、まだ菜穂の知らない場所で、父の知っている場所がないとも限らない。しかし、紅姫山について幼い頃から祐介に教授されてきたが、今や祐介の持つ知識のほとんどを共有しているつもりである。むしろ子どもの頃、男の子に混ざり、何度も紅姫山を探索してきた菜穂である。祐介に教えてもらった場所以外にも、珍しい場所は、いくつか知っているのだ。

「いや、父さんも最近、見つけた場所なんだ。多分、お前は知らない場所だよ」

「そうかな？　わたしのほうが父さんより紅姫山に入っているかもしれないし、案外、わたしの知っている場所かもね」

菜穂は、目の前を歩く父のリュックサックに、投げつけるような憎まれ口を叩いた。

ただ、父の足が向かう先は、山道を大きく外れ、ほとんど道なき道である。

かろうじて獣道らしき道を通っている節もあるが、視界は木々の枝や葉に遮られ、その前方は全く見えない。菜穂はただ、父の背負うリュックサックを見つめ、足下に気を付けながら歩くしかなかった。

山中を歩くことには抵抗のない菜穂だが、さすがに不安を覚える。紅姫山でこれほど険しい山林を歩くのは初めてであった。父は迷うことなく、目的地に向かっているのだろうか？

晩秋に燃えさかるような紅葉を見せるこの山の木々は、原生林のままで、植林はほとんど存在しない。だから、その枝振りも荒々しく、刺々しさもそのままに菜穂を容赦なく襲う。

茨の道とはこういう道のことを言うのだろうか？

「こんな場所に娘を連れて歩く父さんの気が知れない」と文句の一つも言いたいところだが、「わたしのほうが紅姫山をよく知っている」と言った手前、黙ってついて行くより他にはなかった。

そして、三十分も山と格闘した頃だろうか？

「ああ、あった。菜穂、あれだよ」

父が娘の肩を持ち、前に押しだした。

それを目にした時、菜穂は「あっ」と叫んだ。

それは巨木だった。

見上げれば、木々を突き抜け、天を突くような……とてつもなく高い。

紅葉には早く、その独特の形を持つ葉はまだそれほど色づいてはいない。しかしその大きさは、菜穂が今まで見たことのない巨大さだった。

「お父さんこれ……」

菜穂は言葉がでなかった。

と、同時に彼女の持つ紅姫山に対する自信や自負のようなものが、それを目の当たりにして一気に崩れたのを自覚した。それほど、この巨木の出現は彼女にとって衝撃であった。

父は「はは」と笑っている。

「びっくりしただろ？　父さんも、最初にこれを見た時は言葉がなかったよ」

「……うん。臭いもひどいね」

菜穂は顔をしかめている。山肌に無数に落ちた銀杏の実が異臭を放っているのである。

「雌株だからな。あとで食べられそうな実を拾っていこう。母さんも喜ぶよ」

付近はやや傾斜している。二人は背もたれになりそうな木を見つけ、その幹に身を預けながら、巨木を見上げた。

「凄いよ、父さん、こんなのいつ見つけたの？　今度から、散策ツアーの目玉にしようよ」

「ああ、でもここまでの道のりをなんとかしなけりゃなあ……ほとんどジャングルだし」

祐介はその遠くを見るような視線で巨木を見上げ、思案に暮れていた。

「父さんな、これはこのまま、そっとしておきたいんだ」

菜穂は訝しげな表情で、父の横顔を見た。

「菜穂、実はな、この木の場所を教えてくれたのは、中井議員なんだ」

菜穂は言葉がなかった。

「どうして？　遼のお父さんが……？」

「うん……」

祐介はまた、思案に暮れている。

「菜穂、父さんと中井議員は、この吉永町の生まれで中学高校と一緒だった。幼なじみというほどじゃないが、よく知った仲なんだよ。あの頃は、あいつとか他にも仲間がいてさ。みんなでこの山に入り、よく遊んだものさ。だからあいつも、紅姫山について知らないわけじゃないんだ」

菜穂には初耳だった。

「思い出したんだ。あの当時、あいつが『でかい木を見つけたぞ、あれは日本一でかい木だ』とか騒いでいて……。でもこの山について、一番よく知っているなどと、うぬぼれていた父さんは、そんなのあるわけないって、お前、夢でも見たんだろって、仲間と笑っていたっけかな」

やがて風が出てきた。

そして木々や枝を揺らす。時々、山頂から吹き下ろす風だと菜穂は思った。

「今のあいつは、昔のあいつじゃなくなっちまった。大人にもなれば、当然なのかもしれない。でも、今のあいつは、どこか常軌を逸している」

菜穂は、裕介の顔を見つめた。

「菜穂、遼君をここに連れてくるといい。デートスポットには最適だぞ。ここまで来るのは一苦労だけどな」

「……」

「ここは多分、哲也と遼君のお母さんにとって、ゆかりの場所だよ。ひょっとしたら、二人の始まりの場所なのかもしれない」

また風が降りてきた。

それは木々や枝の間を吹き抜け、寂しげな音を奏でていた。

「菜穂、行こう」

菜穂は戸惑いながらも、祐介の後に従った。

「銀杏は拾っていかなくていいの？」

「あ？　そうだな。また来たときにしよう……」

風の音が、二人の声をかき消した。

そして二人が去った後も、その寂しげな音色は鳴り止むことはなかった。


遼の祖母実子は、商店街を南に下った場所にある海辺の公園によく散歩にでかけた。

普段は、哲也が付き添うことが多いのだが、日曜日ということもあり、また哲也が公務で一日家を空けているので、今日は遼が付き添った。文化祭の練習や打ち合わせは、午後からである。祖母の散歩は、午前中の小一時間程度なので、時間的に問題はない。ただ、文化祭の練習は遼の裁量によるところが大きいので、できれば事前の準備もしたかった。

だから、文化祭でやる曲目だけはチェックしようと、ＣＤウォークマンを片手に、実子の散歩に付き合うことにした。

実子の認知症が始まったのは、遼がまだ幼い頃だった。

洋子の失踪と前後するように、物忘れがひどくなったと哲也は言う。

気がついたら、毎朝の味噌汁を煮詰めるようになっていた。三十分もたたないうちに先ほどの会話を忘れ、同じことを何度も繰り返し訊くようになった。

散歩に出れば、帰り道を忘れ、近所や警察の世話になったことも一度や二度ではなかった。

特養ホームに入れることを哲也は考えているようだが、今、近隣市町を含めても施設は全く足りていない。入所できるまで何年かかるかわからないから……と、半ば諦め気味だった。

それでも申請だけでも出しておけばいいのに、と遼は思う。

また、そういった施設を造ることも議員の仕事では？　と、父の仕事に無関心な遼でさえ思わないでもない。

しかし、哲也が議会で夢中になっているのは、企業誘致だけであり、他の事はさっぱり関心がないかのような節もあった。

実子は手持ちのバッグを肩にかけ、足取りも軽く商店街を歩く。傍から見れば、認知症の老女には見えない。ただ、注意深く観察すれば、どことなく視線が虚ろで挙動もおかしい。そしてすれ違う人には、誰構わず「おはようさん」と声をかけた。

知り合いならまだしも、顔みしりでもない人にも声をかけるので、同行する遼としては恥ずかしい思いであった。この地域ではおそらく、「中井議員のところのおばあさん」ということで有名になってはいるだろうが、散歩をするなら、せめておとなしく歩いてもらいたいものである。

公園には海を望める高台があり、晴れた日には、海苔ひびの広がる海を望めた。

実子は、そこに設置されたベンチに座り、潮風を受けながら半日を過ごす。その瞳の奥に青い輝きを宿し、海鳥の声を聴き、波の音に耳を澄ませるのである。

今日も海が輝くよく晴れた日和だった。

「遼、学校は?」

実子は不思議なものを見るような眼差しで、孫の顔を見つめた。この公園からも吉永高校の白い校舎が見える。それを目にして、ふと気になったのだろう。

「ばあちゃん、今日は日曜日だよ」

遼は伸びを入れた。

ベンチに横たわると高い秋の空を、まばらに点在する雲がゆっくりと移動していくのが見えた。祖母は隣のベンチで大人しく、海鳥舞う海浜を見つめているだけである。

遼はCDウォークマンのスイッチを入れ、「晩秋に風なびき」を聴く。

この曲に行き着くまでの苦労は並大抵ではなかった。

父は、母の話をすることさえ嫌い、またその遺留品はほとんど始末していた。そして祖母はこの有り様である。だから彼女がどんな曲を聴いていたのか、この家庭環境の中から探ることはほぼ不可能だった。ただ、片っ端から母の世代が聴いていたであろうバンドのＣＤを買い集め、違うと感じたアルバムやシングルは売り払い、それを元手にまた買い集める……その繰り返しであった。

その執念が実り、今その曲は自分の手の中にある。

それは切ない歌だった。

恋人に通じない想い、しかしその気持ちごと恋人を深い母性で包み込む……遼なりの言葉で表現すれば、まさにそんな歌だった。

「……ばあちゃん」

ふと、遼は起きあがり祖母の顔を見つめる。

「これ、母さんが歌っていた歌なんだ。聴いてみてよ」

そして、イヤホンを実子の耳に押し当てて曲を流した。

なぜそんな行動をとったのか……遼は自分でも解らなかった。

ただ、祖母の顔色が変わり、その虚ろな瞳が奇妙な光を帯び変化したのを見て、それが重要な意味を持つことであるのを理解した。

「洋子さんがよく歌っとったね……」

祖母は大きくうなずいた。

「遼、お母さんが恋しいか？」

実子は海を見つめたままだったが、遼にはその何気ない祖母の言葉に、胸をかきむしられる思いがした。

「本当に罪な人だねえ……息子に寂しい思いをさせといて。本人は会社の同僚と駆け落ちだもんなあ」

遼は祖母を見つめた。

静寂が訪れ、時が止まる。

それを破ったのは、ひと際大きな波の音と海鳥の鳴き声だった。

「……ばあちゃん？　何を言っているの？」

遼はそう言うのがやっとであった。

遼の声が聞こえなかったのか？　実子の話はなお続いた。

「いいとこのお嬢さんだったからねえ。あの哲也が、よくつかまえてきたもんだよ。でも、向こうのご両親に反対されて……そりゃあそうさ、身分違いも甚だしいさね。中部財界でも指折りの大企業のご令嬢と、こんな片田舎の廃業した八百屋の息子だもん」

皮肉の籠った祖母の声音に、遼はただ無言でその皺だらけの唇を見つめるだけだった。

「だから哲也は向こうの両親に認められようと必死だったよ。町長になれば向こうのご両親も認めてくれるだろうってね。まずは議員になろうとか言って、慣れない選挙にも出て。それもこれも洋子さんのためにしていたことさ。それが別の相手と駆け落ちだからねえ。世話ないよ」

祖母は、乾いた声で笑った。

「あの二人の仲が、あんな風になるなんてなあ……紅姫山あるじゃろ？　結婚する前は二人してあの山によう登っておったんよ。なんでも……」

祖母は遠く海を見つめて言葉を切った。

「大きなイチョウの木があって……その下でプロポーズしたらしいわ」

遼は目を見開いた。

そして母が、紅姫山を望みながら晩秋の風に髪をなびかせ、あの歌を歌う寂しげな後ろ姿が脳裏に甦った。

遼に振り返り、寂しさの織り交った、あの幸せそうな笑顔……。

すべてが遼の中で繋がってくる。

父哲也との幸せな日々……それを想い、母は歌い、そして笑顔を幼い自分に見せたのか？

「二度、洋子さんが出ていった時があってな。小さかった遼を連れて。名古屋の実家へ帰るとか言って……遼は覚えておらんだろうな。でもすぐに戻ってきた。敷居が跨げんかったんじゃろ、親の反対を押し切って出ていった身だし、帰るに帰れんわな」

遼の脳裏に、あのビジョンが浮かんだ。

紺色の寒空……。

見上げんばかりに建ち並ぶビル群……。

燃え上がるイチョウの街路樹……。

そして寒空を見上げ、陽気に、弾むように歌い、その白い息が空気に溶け込むように消える……。

時々、遼を見やる寂しげな微笑……。

(紅姫さまのお山、知っているでしょ？　いつも見ているあの山よ。母さん、あの山が恋しくなったら歌うの。女ならわかる歌なのよ……)

遼は確信した。

あれは祖母の言う、その時の出来事なのだ。

遼は、母のやるせない気持ちが、あの時の歌に込められているような気がした。

洋子はあの時、どこにも行き場がなく、途方に暮れていたのではないだろうか？

「でもなあ……女としては、わかるんよ、洋子さんの気持ち。哲也は不器用だで、洋子さんほったらかして議員の仕事に夢中だったでなあ、あの人も哲也を支えようと一生懸命やっとったけど……所詮は、お嬢様育ちだからねえ、哲也のかゆい所には手が届かんのさ。むしろ、気の利かない女とか怒鳴られて、よう泣いとったわ」

実子は静かな眼差しで、その視線を海に向けたままだった。

「洋子さんが歌っとったこの歌、洋子さんの気持ちが詰まっとるようで、聴いとってつらいねえ」

遼は祖母の耳から、イヤホンを外した。そしてそれを握りしめ、うなだれた。

「そんな話、親父は何も……」

その時、実子の手が遼の肩にそっと添えられた。

「知らんかったか？　哲也は何も言っとらんか？　遼ももう大きいし、ちゃんと話をせにゃいかんよな。あれは洋子さんを心底、恨んどる。話をするのもいやなくらいにな。それでも遼には、ちゃんと話さにゃいかん。あれはどうしようもなく頑固で、周りも見えとらん。それでも遼どうしようもない息子だで。洋子さんも洋子さんだ。せめて遼に連絡くらいよこせばいいのになあ……。哲也は多分、知っとるよ。洋子さんのおる場所」

晴れわたる青空と海鳥の舞う青い海……それが一瞬、時を止めたかのように遼は感じた。遼が魂の底から求めてきた母の行方……その答えが、これほどに身近な所にあった……。それは母の歌を追い求め続けた、遼の執念が結実した瞬間でもあった。

静かな波の音が、緩やかな風に乗り、遼の耳をつく。海鳥は弧を描き、遼と実子の頭上を通り過ぎる。

「母さんは、今、どこに？」

「さあ、哲也は何も言わんし、ばあちゃんはわからん。哲也に聞いてみな。あの子が話すかどうかはわからんがなあ……」

遼は水平線の彼方をしばらく見つめた。

「ばあちゃん」

遼はつぶやいた。

「俺、今まで海がこんなに綺麗だなんて思わなかった……」

実子は無言だった。

遼の言葉が耳に入らなかったのかもしれない。

しかし、それは遼にとって大きな問題ではなかった。

そして白壁が海に映える吉永高校の校舎に視線を移す。二週間後には吉永高校の学園祭がある。

親父はあの歌を聴きに来るだろうか？

そう想いを馳せる遼の頬を、公園を吹き抜ける海風が静かに撫で、過ぎ去っていった。


山は鮮やかな炎が立ち、紅色の絨毯が、その一面を覆っているようにも思えた。

また紅姫山の伝説の通り、それは赤い血に染まった……風が吹くたび紅葉が舞う様は、飛び散る鮮血のようでもあった。

菜穂が遼を誘って紅姫山に入ったのは、十一月も下旬の晩秋、まさに山が紅葉に燃え立つ頃であった。

「遼、大丈夫？」

菜穂が振り返り、遼の顔を覗き込んだ。

「もう死にそう」

言葉とは裏腹に、遼は笑顔であった。

菜穂は不思議な面持ちで、遼を見つめた。

彼のこういう顔は、今まで見たことがなかったからである。

「元気そうだね。こんな山道、わたしもあまり馴れてないのに」

菜穂は赤々としたカエデの葉や、その枝を払いながら進む。そして行く先々で木の幹に、白い紐が結んであるのを確認すると、地図を取り出し方向を見定めた。

白い紐は、祐介と来た時に目印として木々に結んだものである。

「菜穂ってすごいな。こんなふうに山道を歩ける女の子って、あまりいないと思う」

遼が感心すると、菜穂は鼻をふくらませた。

「見直した？　多分、この町じゃ、わたしだけだよね。でも……」

菜穂は神妙な顔をした。

「こんな山道を歩いたこの町の女性ということなら、遼のお母さんはわたしの先輩だよ」

「うん……」

遼は、赤々と燃え立つ、周囲の木々を見上げた。

木々はざわめき、赤い木枯らしが舞う。紅姫の悲しみに満ちたほとばしる血潮……それが、遼の脳裏に鮮やかなビジョンとなって甦る。

伝説の姫君にとっては、終焉の地。しかし、母洋子と父哲也にとっては、始まりの地……。

遼は今、菜穂とその地を目指して紅姫山を登る。それはなぜか、禁断の場所に足を踏み入れていくような不思議な感覚だった。

「そういえば文化祭、歴史部は残念だったな。最優秀賞狙っていたんだろ？　でも粘土で町の里山を作ったりして、去年より進歩したじゃん。紅姫山だけやたらでかかったけど……」

遼の前を歩く、菜穂はくやしげに地面を蹴った。

「そうね、遼たちに持っていかれちゃったからね。杉山くん、泣いて喜んでいたし」

遼は苦笑した。

「あの文化祭にかけていたからなあ、あいつ。でも大袈裟なんだよ。表彰式の壇上で突然、声上げて泣きだすんだもん。一緒にいるこっちが恥ずかしかったよ」

「はは。でも杉山くんらしくていいじゃん」

菜穂は朗らかに笑った。

そして急に真剣な面持ちになった。

「遼、文化祭の後、お父さんとは話ができたの？」

「うん……そんなに話はしてない」

「そう」

菜穂は寂しげにうつむいた。

「でも、遼たちのライブに顔を出していたじゃない」

「親父も来賓で招かれた手前、文化祭の催しは一通り見て回らないといけないからな。でも、俺たちのライブは素通りすると思っていた」

吉永高校の文化祭があったのは、二週間前である。

体育館の舞台で催されたメイン行事のプログラムでは、かなり後の方で遼たちのステージがあった。

出番が来るまで遼たちは、体育館の舞台裏で、杉山らと楽器の調整に励んでいた。その間はひたすら、楽器との会話である。

だから、ステージが上がるまでの校内の様子は分らなかった。

ただ、他の生徒たちが校内を忙しく駆けずり回る気配だけは感じていた。

そして保護者や来賓らが、校門に据え付けられた「吉永高校学園祭」と仰々しく書かれた大きな立て看板を尻目に、校内へと入ってくる様子も脳裏に浮かんだ。

彼らは例外なく、陽光がまぶしく照らす、真新しい吉永高校の白壁を見上げているのである。

その白壁は、地元県会議員の自慢の種でもあった。

県会議員が尽力したおかげで、校舎の外壁が綺麗に塗装された……というのが、町民たちの共通認識になっているからである。

県立の地元高校に、なんらかの形で貢献を示すことは、地元の支持を固めるうえで格好の材料……哲也は、その件に関し、そういう皮肉な捉え方をしている節があった。

「実績らしい実績なんて、それだけだ」

哲也の吐き捨てるような言葉に、遼は妙な共感を覚えた。

普段は、哲也が口を開くたびに、無条件に反発を覚える遼ではあったが、本来、必要のない外壁の塗装は、地元県会議員によるこれ見よがしの誇大宣伝に思え、不本意ながらも哲也と同じ思いを抱いていた。

だから潮風に輝く白壁を見るにつけ、遼は白ける気持ちが先立つのである。

やがて、遼たちのライブが始まった時……遼は、前の席に座る哲也の姿を見た。

そしてあの〝歌〟を、「晩秋に風なびき」を歌い始めたその時……遼は信じられない光景を見た……気がした。

あれは、夢だったのだろうか？

あの哲也が……。

菜穂も、遼のライブで哲也の姿があるのに気づいていた。菜穂の位置からは、彼の後ろ姿しか見えなかったが……。

〝遼のお父さん、あの歌を真剣に聴いていたよ〟

菜穂はそう言おうとしたが、ふいに口をつぐんだ。

遼は、菜穂の様子に首をかしげた。

「なに？」

「ううん……なんでもない」

そのライブで遼が歌い終わると、中井議員は姿を消してしまった。

あの歌は、中井哲也にとって何を意味するものなのか？

遼に聞こうとした菜穂だったが、しかし、それを言葉にするのははばかられる気がして、口にできなかったのである。

「なあ菜穂、本当にこっちでいいのか？　段々、木々も増えて傾斜が険しくなってきたぞ」

しばらく菜穂の背中を追っていた遼は、不安になり周囲を見渡した。目印にしていた白い紐は、もう見当たらない。

「おかしいな、こっちでいいはずだけど……」

菜穂は地図を広げて、しきりに首をかしげている。

「え？　大丈夫かよ」

遼はあわてて、菜穂の広げる地図を覗きこんだ。

菜穂はしばらく、周囲の様子と地図とを見比べていたが、やがて不安げな顔で遼を見つめた。

「ごめん、遼。遭難したらどうしよう？」

涙が今にも溢れそうなその瞳を見て、遼は呆れるしかなかった。

「うわあ、泣くの早すぎ。しょうがねえな。今日はもう戻ろう。イチョウの木は次の機会でいいよ」

菜穂はなお、涙目で遼を見上げる。

「戻る道もわからなくなっちゃったの。目印の紐が見当たらなくて」

遼は溜息をついて肩を落とした。

「マジかよ。ホントにしょうがねえな。よし、適当に歩こう。そんなに深い山じゃないんだし、南に下れば、どこか適当な場所に出るだろ」

スタスタと歩き始める遼の後ろを、菜穂は申しわけなさげにうなだれ、ついて歩く。

「本当にごめん……」

「気にするなよ」

遼は菜穂に振り向き、笑った。

「親父も母さんをこの山に連れてくる時は、きっとこんな感じだったんだよ」

しばらく二人は無言だった。

山肌は緩やかになり、その傾斜は下に向かいつつある。麓に近づいているのは確かだった。

「ねえ、遼」

菜穂が口を開いた。

「お母さんの居所、お父さんは教えてくれた?」

「……」

遼はしばらく、何も話さなかった。

遼が口を開いたのは、視界が開け、目の前の光景に息を飲んだその後のことだった。

「あっ」

菜穂は我が目を疑うように、その瞳を大きく見開いた。

抜けるような晩秋の青空。その真下には海苔ひびの浮かぶ光る海。そして刈り入れ後の田園が広がり、その果てには農家や、商店街や、役場や、学校や、公民館など……そう、遼と菜穂の故郷、吉永町の全景がそこにあった。

「へえ、こんな場所があったんだ」

そこは紅葉が燃えさかる木々のトンネルを抜けてすぐ、山肌から岩が突き出ている場所だった。紅姫山をよく知ると自負していた菜穂は、あの巨大なイチョウの木に続いて初めての場所に遭遇し、その自信は木っ端微塵だった。

「ああ、わたしこの山のこと、全部知っている気になっていた」

菜穂は、その場にへたりこんだ。

「もう、お父さんに偉そうなこと言えないわ」

しかし菜穂は考えた。

ここはきっと、祐介も知らない場所に違いない。

イチョウの木の一件以来、祐介はどことなく自分に横柄であった。自分のほうが紅姫山をよく知っている、お前など百年早い……とでも言いたげである。

何か腹立たしかった。

今度、ここへ連れてきて祐介をびっくりさせてやろう。その鼻を明かしてしばらく、偉そうな態度がとれないようにしてやるのだ。

「菜穂、ちょっとここで休もう」

遼はその岩場に座り込んだ。

「うん」

菜穂は遼の隣に座り伸びをした。

「いい天気だね。ほら、吉永高校も見えるよ。ここは多分、山の東側だね。神社から登ってきたから丁度、反対側になるんだ」

「そうか、ずいぶん歩いてきたんだな」

そして遼はその景色を見つめながら、何か思案している。

「どうしたの？」

菜穂は遼の横顔を覗きこんだ。

「最近さ、感じるんだ。あの海も、この山も、あの田んぼだって。菜穂がいつも言っているだろ、この町の風景は何よりも宝だって」

「……」

「俺もそう思えるようになったんだ」

遼は微笑んだ。

「なんでだろ？　多分、母さんの歌っていた歌がわかって、親父と母さんに何があったのか？それもわかって……それで肩の荷が下りて、少し余裕ができたからかな？」

「……遼」

菜穂は遼の横顔を見つめ、そして微笑んだ。

「そう。でもなんか嬉しい」

うららかな日和が二人を照らしていた。

そして岩肌に一枚の紅葉が舞い降り、二人の間にそっと貼りつく。

「母さん……」

遼がつぶやいた。

「うん？」

「親父が教えてくれたよ。母さんはもういないんだ」

遼は、眼下に望む故郷の景色を静かに見下ろしていた。

「遼……」

菜穂は言葉がなかった。

「ばあちゃんも知っていたらしいけど、あんなふうになっちゃったから。もう記憶にないみたい」

そう言って遼は寂しげに笑った。

「母さんは会社の同僚と駆け落ちして、岐阜の方に住んでいたんだ。失踪してから半年くらいで親父が居場所をつきとめたけど。でも話はつかなかった。いつの間にか籍も抜いていたらしくて……親父は怒ってそれから連絡を取らなくなって……」

「……」

「それからしばらくして、親父は知り合いから聞いて……母さんは交通事故にあったって……即死だったらしいよ。だからもう、この世にはいない」

風が吹いた。

周囲の木々が揺れ、紅葉が舞い散る。二人のそばに貼りついた葉も、いつの間にかそこにはなかった。

「今思えばさ、親父が企業誘致とか狂ったように言い出して、変になったのもその頃からだよ。よくわからないけど、母さんのことでやりきれない気持ちを、そういうことにぶつけるしかなかったのかなって。でも……」

遼は目を伏せた。

「親父は、俺には何も話してくれなかった。母さんも……俺には、一度も連絡をくれなかった」

「……遼」

菜穂は遼の頭に抱きついた。

そしてまた「遼」とつぶやき、頬を寄せる。

「ごめんね、遼。そんなこと知らなかったから、わたし……お父さんとお母さんの思いでの場所に遼を連れて行こうとして……遼、ごめんね」

遼は笑った。

「いいんだ。俺も行きたい場所だから。全てが始まった場所だからさ、俺も行かなくちゃな。でも……」

遼は菜穂の肩を寄せ、頭をくっつける。

また静かに風が吹いた。

「もう、俺には必要ないかもしれない。こうして菜穂が居てくれるから」

菜穂は静かにうなずいた。

「わたし、この場所をお父さんに教えようと思っていた。でも今、考えが変わったわ。ここは遼とわたしだけの場所にしたい」

そして微笑んだ。

「ねえ、遼」

菜穂の瞳には、目の前の吉永町の海や田畑や街並みがありありと映えていた。

「この町、どうなるのかな？　あの海もこの山も紅葉も……これから、どうなるんだろう？」

その時、遼は菜穂の肩を強く抱きしめた。

「菜穂、この景色は無くならないよ。この町は、この風景は、俺たちの宝だから。だから……絶対に、無くしちゃいけないんだ」

また風が吹いた。

紅葉が舞い散り、岩場を吹き抜けていく。

二人の瞳に焼きつく海は輝きを増し、二人を抱く山はなお燃えさかっていた。

そして静かな晩秋の風は、遼と菜穂の髪をなびかせる。

それは二人の間に流れる時間さえ、忘却の彼方に連れ去っていった。


その年の十二月は、特別に強い寒波が訪れていた。

十二月議会が終わり、地元の旅館で当局側との懇親会に出席した哲也は、夜明けとともに、ふらりと旅館を出た。

この旅館は海辺にあり、朝焼けが穏やかな海を琥珀色に染めている。海沿いの道路に面した歩道を歩く哲也の頬を、冷えた空気が針のように突き刺した。海風が吹くたび、耳が切り裂かれるようにも感じた。

正面には吉永高校の白い校舎が、朝日を受けてその白壁をぼんやりと輝かせている。右手には陽光に当たるを待つ黒々とした古墳。

そしてその向こうにそびえる紅姫山の威容……。

吹きつける寒風もそのままに、哲也は紅姫山に向かいひたすら歩き続ける。

昨日の深酒は、まだ体に残っていた。

哲也は、しゃがみ込み、側溝に胃の中のものをすべて吐きだした。

そして立ち上がり、その視線はまっすぐ紅姫山に向け、また歩き出す。

昨晩は、懇親会がお開きになった後でも、町長や企業誘致推進派の議員と遅くまで飲んだ。強い焼酎を何杯もあおり、気がついたら、町長らと川の字になっていた。

白濁した意識の最中にあった哲也は、町長のイガグリ頭と妙に小さくつぶらな目、そして同僚議員たちの不自然な愛想笑いが記憶にあった。

「中井君、君の長年の活動が実を結びそうだよ。君が骨を折ってくれたおかげで、メイシン機工が名乗りを上げてくれた。リゾートタウン釜浦のプロジェクトも再始動するそうだし、これを機にいい流れができそうだ。なに？　用地買収？　なに、反対派の地主など、放っておけばいい。実は、造成予定地で一番ネックになっていた用地の真ん中の地主が、折れて同意した。要は金の問題さ。聞くところによると、あそこの地主は、借金まみれだったらしいからな。だから余分に積ませたんだよ」

同僚の議員が、町長と哲也に酌を持ちながらすり寄ってくる。

「町長、中井さん。その件でわたしが骨を折ったということを忘れては困るな。あの地主はわたしの地元でも頑固で有名な御仁だったのだから」

町長は、その議員の肩を叩いて笑う。

「もちろん。君の力がなければ、適わなかったことだよ。感謝しているとも。なあ、中井君」

哲也は曖昧にうなずき、町長のお猪口に酌を傾けた。

「大興産業の社長さんは、用地の造成が早く始まらないか、首を長くして待っているからな。あれを大矢建設さんの下請けに入れるのも苦労したもんだ。しかし、それも中井君のおかげでなんとか……なあ、中井君」

町長はまた、哲也の肩を叩いた。

「それにしても、反対派の連中もまだしぶといですよ。山の散策ツアーとか彼らの運動が町民の中に浸透してきているし、マスコミも注目し始めている。それにしても、今日は出席していませんが、あいつの作るビラは本当に厄介ですね。偏ったことしか書かないから、ああいう連中が騒ぐんだ」

まだ歳も若い同僚議員が割って入り、そう言いながら息巻いた。

「まあまあ、君。民主主義はいろいろな意見があって当然だから」

町長は目の前で、手のひらを広げ、その若手議員を制した。

「あいつらは解ってないですよ。寂れる一方の吉永町、企業誘致で潤わなかったら、隣の北尾市との合併しか道は残されてないんだから。愛する郷土そのものが無くなるかもしれないというのに」

若手議員の鼻息は荒かった。

「でも中井議員が、奮闘していますからな、あいつらには負けませんよ。町長、これはもう、町長の後継者は中井議員に決まりですね。それとも、次期もやられるんですか？」

町長は下品な声で「ハハァ！」と笑う。

「わしはもう歳だよ。もうやらん、こんなしんどい仕事、わしはもうやらん。ただ中井君は、わしの右腕になり、この企業誘致という大事業を推進するにあたり、多大な貢献をしてくれた。だが、まだまだこれからだ。わしの念願を引き継ぎ、叶えてくれるのは、中井君しかおらんだろ？　こんな席で恐縮だが、わしは中井君をわしの後継者として指名しようと思う。応援をするので、ぜひ次の町長選挙に立候補してもらいたい。そして企業誘致でこの町を大いに活性化してもらいたい」

「オオー！」と歓声が上がった。

「おめでとう！　中井さん」

拍手がわく。

「中井君、頼んだよ」

そして町長が手を差し伸べてくる……。

しかし、哲也の記憶はそこまでだった。

哲也は今、吹き下ろしの風が寒々と降りる紅姫山に向かっている。

色取り取りの枯れ葉が舞い散り、木枯らしが哲也の顔を覆わんばかりに吹きつける。

哲也は、落ち葉を踏みしめ、視界を遮る裸の木々がまるでナイフのように突き出す無数の枝を掻き分け、その奥へ、奥へ……と入っていく。

やがて、金色に染まる地面が現れ、哲也が見上げるとそこには、とてつもなく高い樹冠を天に突き出すイチョウの木が、裸の枝や幹もそのままにそびえ立っていた。

哲也は、金色の落ち葉が敷き詰められた地面に腰を下ろした。

そしてしばらく、うなだれる。

少し風が吹き、木枯らしが小さく舞った。

哲也の足下には、ポタポタと落ち葉に染みる滴が二つ三つ。

音も立てず、静かに落ちていた。


十年の月日が流れた。

紅姫山を遠くに望み、遼は五歳になる娘の手を引く菜穂と共に、田圃を歩いていた。

三人が向かっているのは、哲也の墓がある檀家寺である。

哲也は三年前、喉頭ガンにかかり闘病生活の末、亡くなっていた。

町長に当選してからの哲也は、明らかに酒量が増えていた。

哲也は、町民の間に広がった紅姫山の造成事業に対する疑問の声や、根強い反対によって事業を思うように推進できず、そのストレスを溜めていった。

遼や菜穂たちの運動は、紅姫山の開発を明らかに遅らせていた。

だから哲也の酒量は、増えるばかりであった。

主として飲んでいた度数の高い強い酒は、哲也の喉を痛め、哲也の病状を悪化させていった。

ただ哲也は、遼の行動について、非難したことは一度もなかった。

遼の意思に干渉することも、翻意を促すこともなかった。

そして不思議なくらいに、感情的になることもなかった。

むしろ遼の方が、哲也に激しい批判をして、感情をぶつけることのほうが多かったのだ。

息子を対等な論争相手として認めていたわけでもなかったが、あくまで遼に対して冷静であった。

また、「遼を誑かして引き込んだ」と、裕介や菜穂を非難しても不思議ではなかったが、それも皆無だった。

ただ、黙々と町長としての公務と、紅姫山造成事業に向き合っていた。

その時の哲也の心境は、いかなるものだったのか?

彼は最後まで口を開くことはなかった。

遼にとってそれは、いまだに計り知ることのできないものであった。

遼と哲也は親子でありながら、紅姫山を巡り、そして故郷吉永町の未来を巡り、まさに別々の道を歩んでいたのである。

ただ……遼は知っていた。

哲也が何度も、紅姫山に入っていたことを。

その行動の意味も、遼は解っていた。

やがて墓地に花を生け、手を合わせた遼たちは、檀家寺を出て家路についた。

季節は中秋であった。

トンボが、豊かに色づく稲穂の上を無数に舞っていた。

遼はトンボを指差しはしゃぐ愛娘を背負い、菜穂の一歩前を歩いている。

「菜穂」

遼が菜穂に振り向き、声をかけた。

菜穂は遼に背負われた愛娘を優しい視線で、愛おしげに見つめている。

「何？」

遼は、紅姫山の稜線を見つめていた。

「この子が今もあの山を拝めるなんて。奇跡だな」

菜穂は静かにうなずいた。

山は、秋の青空に映え、その輪郭を鮮明にしてそびえ立っていた。

「俺たちさ、親父とは、あの山で対立してきたけど……」

遼の声は、何かを思索するように沈んだ。

菜穂は、静かに遼の言葉を待った。

「……俺、親父の涙を一度だけ見たことがあるんだ」

菜穂は思わず、遼の顔を見つめた。

「いつ?」

「『晩秋に風なびき』をステージで歌った、高校最後の文化祭だよ。あの時、親父は泣いていたんだ」

菜穂は言葉がなかった。

「親父は今も、泣いているのかもしれない」

紅姫山から吹き下ろす風が、二人の間を吹き抜けた。

遼はなお、寂しげな表情で、紅姫山を見つめ、そしてポツリとつぶやいた。

「親父の本当の墓は、あの山だよ。今は、母さんと眠っているんだ」

終

チェーズー　ティンバーデー
（ありがとう）

わたしがターに初めて出会ったのは、暑い夏の盛りのことだった。まぶしい真夏の日差しが、街路樹の枝のすき間からこぼれていた。見上げればセミの鳴き声も降りそそぐようだった。彼はそんな木の根本で、うずくまるように寝ころがっていたのだ。浅黒い顔を自分の腕にうめて、ターはひたすら眠っていた。

最初は死んでいるのかとも思った。彼はピクリともしなかったからだ。寝息が聞こえてきたので生きているのだとわかり、交番に行かなくてもいいのだと少し安心した。

あの交番のポリ公にはここ最近、ことあるごとにいろいろと質問されたので、もうしばらく、あいつと顔は合わせたくはなかった。

ターの赤いポロシャツは、わたしの白のTシャツより汚れていた。トビ職のペンキの汚れじゃない、本当に何日も服を洗ってない汚れ方だった。わたしの服の汚れと一緒……だからわたしは、彼がこのあたりじゃ見慣れない外人だからといって、別に恐いともなんとも思わなかった。

まるで愛おしい弟がそばで寝ころんでいるような、そんな不思議な感じすらあった。

とにかくターはわたしに近い人間のように思えた。親しみを覚えてしかたなく、そしてとても他人の感じがしなかった。

汚れた服の女に、汚れた服の外国人……いい組み合わせだと思う。わたしのような女は滅多にいないけど、ターのような奴はざらにいる。でもターはわたしの知っている外人たちとは、何かが違うと思った。その違いの意味を、わたしが完全に理解するまでには、長い時間がかかったし、語り尽くせないほど、いろいろなことがあった。

ただ、これだけは確かに言えることだと思う。

わたしはターに会えてよかった。そして彼には心から「ありがとう」と言いたい。

そして……もう一度、ターに会いたい。

ターの事を話すとわたしはとりとめもない。

彼のことを話し始めたら、それこそわたしは一日中、しゃべっているかもしれない。

初めての出会い……そう、その時の彼はまるで死んだように、木漏れ日の降りそそぐ街路樹の下で眠っていた。そこはわたしのお気に入りの場所。どいてもらおうとゆり動かすと、彼は薄目を開けてわたしを見上げた。

木漏れ日がまぶしかったのか、彼はすぐに顔を逸らして横になった。また、眠ろうとしている！　そう思ったわたしは思わず彼を怒鳴った。「ばかやろー！」とか「ねるなー！」とか、そんな言葉で彼を怒鳴りつけたと思う。

しかし、彼は一向に立ち上がろうとはしなかった。

わたしは腹が立って彼を蹴り飛ばした。確か腰のあたりだったと思う。今にして思えば、ずいぶんなことをしたものだ。それほどわたしは、彼が外人だからといって、恐いとは感じていなかったのだと思う。

寝そべったままの彼は、わたしを見上げるようににらみ、のそりと立ち上がった。

そして片言の日本語で「イタイナー」とつぶやいた。たいして痛くはなさそうだったが、それでもどこか悲しげにわたしをみつめる。

きれいな目をしていると思った。黒い瞳。そしてどこか琥珀かかったような……。どこから来たのだろう？　フィリピン？　インドネシア？　それともタイ？　肌の色合いからわたしはその辺だろうと思った。

少なくともブラックやラテンではなかった。

わたしは彼の寝ていたその木の根本に腰を下ろし、「ココワタシノバショ！」と言った。そして彼を見上げ、「ドコカラキタノ？」と聞いた。気持ちよさげに寝ていた彼を無理矢理起こしてしまったことに、少し罪悪感があったので、ちょっとだけ話をしようと思った。

「ミャンマー」と、彼は一言。首をかしげるわたし……聞いたこともない国名だった。

「名前は？」

その場に立ちすくみ、ジーッとわたしをみつめている。そしてやや間があってから、彼は答えた。

「チャ〇〇〇……ー〇ー……ア〇〇〇……バ〇」

「……？」

なにを言っているのか、まったくわからなかった。

するとと彼はあらたまった様子で、「ター……デイイデス」と言った。

「ター?」

わたしが聞き返すと、彼は「ハイ、ソウデス」

そして、「サヨナラ」とそのまま立ち去っていった。

セミの鳴き声が、夏の街路樹の間をゆらしていた。彼の後ろ姿は、暑い午後の日差しをあびながらどこか寂しげで、わたしはしばらくの間、忘れることができなかった。


ターが寝そべっていた街路樹の公園は、ヒッピーや外人たちの溜まり場だ。

段ボールを組み合わせたヒッピーの寝床が、公園のわきに所狭しと立ち並び、昼時になると黒人が、ヒップホップのダンスを踊る。ラテン系の出稼ぎが公園に弁当を食べに来て、ボーっと空をながめている。

弾き語りもたまにこの公園に来て、たいしてうまくもないギターを奏でて、裏声を必死にはりあげたりしているが、誰も振り向かない。

当たり前だ、この公園は外人天国。日本語で歌う歌など、興味のない連中がほとんどだから。

それでもこりずにここにくるのは、たぶん他の場所を追われてしまったんだろう。

歳は三十も近い、わたしからみたらいいおっさんだが、まだ若いつもりでいるのか、服のセンスは高校生と変わらない。そんな弾き語りの横で、黒人の集団がヒップホップを踊る。公園の中は異様さと騒音を増してくる。するとときたま、ホームレスのジジイが段ボールから出てきて両耳を押さえながら、「アー！」と奇声を上げる。うるさいということだろうが、意思表示はただそれだけだ。

そんな光景が毎日のように起こる。

ここにいると、それが街中で普通に生活している一般人がみたら、異常に映る光景だということも忘れる。そんな毎日が普通であり日常であるから、一般人の感覚がマヒしてくるのだ。だから、わたしの居場所にターが寝そべっていたからといって、わたしは特別に何も思わなかった。ただ、午後からの昼寝のジャマになるなと思っただけのことだ。

それから一年以上、わたしは彼と会うことはなかった。また夏が来て、その夏も過ぎ……街路樹が色づいたころに彼は再び、わたしの前に姿をみせた。

ターに再会した時、わたしは目を丸くした。

それは初めて出会ったときのターではなかった。あの何日も服も体も洗ってないような格好のター……むさくるしくボサボサで虫がわきそうな髪だったター……の姿はそこにはなく、現れたのは、洗練された髪型とファッションを身にまとった、それは雑誌やポスターでポーズを決めるモデルとも見違えるような、異国のイケメンだった。

彼は仲間と数人で公園の中にたむろしていた。仲間もどうやら東南アジア系。このあたりではあまりみかけない顔ばかり。公園に入り浸る外人たちの顔は、だいたい知っているつもりのわたしだったが、やはり彼らは初めてみる連中だった。その時わたしは「新顔がまた現れた、ターはそいつらの一人なのだ」と思った程度だった。

わたしがしばらく、彼らの様子をみていると、顔見知りのケニーが寄ってきた。黒人でジンバブエ出身だと本人はいう。ヒマをみては、わたしと片言の日本語でペチャクチャとおしゃべりするのが好きだ。何を言っているのか、さっぱりわからない時も多いが、それでも彼の相手をするのは、最近ではわたしの日課になっている。ヒマつぶしにちょうどよい。

しかし、今日のケニーほど、うっとうしく感じることは今までなかった。ただわたしは、けしてケニーに落ち度があるわけじゃない。ターたちの様子が無性に気になっていたから……ケニーはただ、間が悪かったのだ。

ターの仲間は、服装は地味だった。歳もターよりは上のような感じがした。だから余計に、ターは彼らのなかでは浮いているようにみえた。

ケニーのおしゃべりは続く。

わたしはターたちが気になる。

やがて、ケニーの仲間たちだろうか？　むこうで数人の黒人がヒップホップを踊り始めた。

ケニーはわたしとのおしゃべりに飽きて、「ヤー！」と叫んで仲間のほうへ行ってしまった。

（ターは？）

ターたちはまだ、なにか話を続けている。時々笑い声も聞こえてきて、ターの白い歯がこぼれるのがみえたりもした。

やがて、ケニーたちの騒ぎが大きくなってきた。

段ボールから例のホームレスが出てきて、耳をおさえて「アー！」と奇声をあげる。

それは見慣れたいつもの公園の光景……しかし今日は何かが違っていた。

ターがわたしに気づき、こちらをみている。

目が合うと彼は、大きく手を振ってきた。

その時わたしは、何も彼に対して応えようとはしなかった。街路樹の根本からも一歩も動くことはなかった。ただ、じっと、ターたちをながめていた。

ただ、じっと、彼らをながめること。そんなわたしとターたちとの関係はしばらくの間、ずっと続いたのだ。


公園の近くに交番があることは話したと思う。

そして、そこのポリ公のことも。

わたしにとってあの交番のポリ公ほど、わずらわしく、そして恐ろしく感じるものはない。

わたしが未成年であることがばれやしないか、両親がだした捜索願の写真にひっかかりはしないか？　そればかりが心配でビクビクしながら毎日を過ごしている。ポリ公の姿がみえると、ついそれが頭をよぎるのだ。

ターが昼寝をしていたわたしの居場所は、すっかり秋めいて樹の葉も色づき、吹き抜ける風もさわやかだ。ただ、ボーっとしてばかりもいられない。例のポリ公が公園内を巡回している。

面倒なことにならないうちにとわたしは、友人のアパートに転がり込むことにした。三つ年上の左官をやっている兄ちゃんだが、別に彼氏というわけじゃない。肉体関係を結んだ仲ではあるが、互いに今一つ。わたしも彼もセックスには、淡泊なほうかもしれない。

わたしはポリ公をさけるように、すみの方を歩き、公園から出ようとした。

「……！」

ポリ公がこちらをみている。なにかいつもと様子がちがう。ジーッ……とにらむようにこちらをみている。次の瞬間、くちびるをまげてニイッと笑ったのには、思わず悪寒が走った。

そして大股でこちらに向かってくる。わたしは走り出した。

恐怖がわたしを支配した。わたしの額と胸に、顔をひきつらせた顔が現れて、しきりにわたしを急かすのだ。

（ああっ！　早く早く！　あいつに捕まってはいけない！）

（ああっ！　逃げて逃げて！）

（早く！　早く！）

大きな手がわたしのうしろから迫り、今にもガッチリと捕まえられそうな錯覚を起こした。うしろから聞こえるポリ公の息づかいが、まるで狼のそれだった。その時のわたしは今にも肉食の動物の餌食になりそうな、一羽のうさぎにすぎなかった。

無我夢中で走るわたし。ついにその肩を捕まえられた時には、わたしは悲鳴を上げ、めちゃくちゃに暴れ回った。わたしを捕まえたのが、ポリ公じゃなかったのを知った時には、わたしはただ、むやみに息をはずませ、わたしの肩をつかんだ男を呆然とみつめていた。

それは、ターだった。

わたしを追ってきたポリ公は、わたしとターの二人の顔を、ただ見比べているだけだった。どうしたらいいのか判断に迷っている様子だ。

ターの仲間たちも近くにいた。騒ぎを聞きつけてこちらに向かってきている。

多勢に無勢。ポリ公はあきらめたのか、「ゴホン」とひとつ咳払いをして、交番のほうへと引き返していく。

ターはわたしの顔をみると、白い歯をこぼして笑った。

「どうしたの？」

なまりを感じない、自然に発音できた日本語だった。

いつの間に彼は、こんなにうまく日本語がしゃべれるようになったのだろう？

この公園で初めて会った時の彼とはまるで別人だった。でも彼はターなのだ。不思議と親近感を覚えた、あの時のターの雰囲気はそのままなのだ。

仲間が集まってきた。ターと同じみんな笑顔だ。つくり笑顔じゃない、自然な笑顔。わたしはターだけじゃなく、本当にこの人たちが好きになりそうだった。

「警官に追われるなんて……何か悪いことしたの？」

ターは相変わらず笑顔だ。（何か悪いことしたの？）も、どこか冗談っぽく聞こえる。

「警官、こわいね。なにも悪いことしてなくても、すぐにらむしね」

「僕たちは外人だからさ」

アハハハっと、彼らは笑う。あとは彼らの国の言葉でペラペラとしゃべる。

そしてまた、笑う。でも不思議と自分は仲間はずれじゃない。

なにより話ができなくても、言葉がわからなくとも、どこか彼らと一体になっている、この不思議な感覚はなんだろう?

いつの間にかわたしは、ターたちに溶け込んでいた。昔からの友だちのように、わたしたちは笑い、そして冗談を言い合っては肩を叩きながら、一緒に歩いた。

あの公園にいると、いろいろな外国人に出会う。

黒人のケニーとその仲間たち、ブラジルやペルーからきた出稼ぎ……でもターたちはそのどの外国人とも雰囲気が違った。ケニーたちは寂しがりや、いつも誰かとおしゃべりをするか、音楽をガンガンかけて踊らないと気が済まない。ラテン系はネアカだけれども、頭にあるのはいつも仕事とお金のことばかり……。みんな事情はいろいろありそうだ。わけありの連中ばかりである。まあ、わたしも人のことは言えたぎりでもないけど。公園でホームレスしている、未成年の少女など、だれがみてもわけありである。

ターたちも深いわけがありそう。でも彼らはまともだし、驚くほどその雰囲気はさわやかだ。

一体彼らはどこから来た人たちなのか?「ミャンマー」ってどこにあるのだろう?

そんなことをガラにもなく考えていたら、いつの間にか高層アパートの前に来ていた。

どうやら彼らも、ここに住まいがあるらしい。

ケニーたちや、ブラジル人、ペルー人たちもここに住んでいる。外人たちの密集地。このあたりじゃ有名なアパートだ。ちなみにわたしの友人である左官の兄ちゃんの住まいは、ここより北に離れた所にある。遠いから、このアパートに引っ越せと何度も言っているが、いっこうに住まいをかえる気配はない。住み慣れたところを離れるのは彼にとっては冒険なんだろう。

「ごはん、食べていきなよ」

唐突にターが言った。他の仲間たちもうなずいている。

「わたしたちのごはん、おいしいよ」

「食事は一人でも多い方が楽しいしね」

わたしは外国人に、食事をさそわれたのは初めてじゃない。以前、インドネシア人に混ざって食事したことはあった。

「今から買い出し買い出し！」

「まあ、うちにあがってゆっくりしてなよ」

一瞬、わたしは身の危険を覚えないでもなかった。一応、これでも女だし。

しかし、彼らのアパートにあがった頃には、そんな心配は無用だと悟った。女の人も二〜三人いたからだ。

どうやら、ターの仲間たちの奥さんらしい。みんなわたしを笑顔で迎えてくれた。作り笑いじゃない、本当にわたしを歓迎してくれているような笑顔。だからわたしは余計につらくなる。そんな歓迎されるような、身分も資格もないような人間なのだ、わたしは！

みんな台所で、せかせかと動いている。買い出しに行っていた仲間が、戻ってはまた出て行く。ドアは開いたり閉まったり。みんな、入れかわり立ちかわり……。
わたしは落ち着かない。
ただ、窓の外から、青い空に浮かぶ雲をながめているだけ。
となりの部屋から、ギターの調べと一緒に歌が聞こえてきた。
「……」
わたしには当然のように、言葉は理解できない。
その部屋のふすまが開いた。手が伸びてきて、わたしに紙を手渡した。
日本語が書いてある。どうやら、詩か歌詞のようだ。

恩返しをさせてください　母さん

ふるさとに帰った朝
駅をおりたら　霧が町をおおってた
迎えにきた人はいない
僕は変わってしまったのか
家に帰る道　僕の名を呼ぶ人はいないのだろうか
心の傷があったから　母さんのところへ帰ってきたよ
僕は三年もふるさとに　帰っていなかった

僕は都会から帰ってきた
新しい人生を始めるはずだったけど　僕は帰ってきた
月変わりに咲く花は　心の花壇に咲く
花壇の中で母さんは待っている
心の傷があったから　母さんのところへ帰ってきたよ
僕は三年もふるさとに　帰っていなかった

僕は帰ってきた
母さんと暮らしながら　心の傷をいやしているよ
ふるさとで母さんを助けて　心の傷をいやしているよ
母さんに恩返しをして　いやしていくよ

「……」

わたしに歌詞を手渡したのはターだった。となりの部屋でギター片手に歌っていたのも彼だった。

「この歌、日本語に直してみた」

チェーズー　ティンバーデー（ありがとう）

ターはふすま越しにわたしをみてニコッと笑っている。彼が演奏をやめたせいか、台所の忙しい物音と声だけが、やたらに大きく聞こえてきた。

「知り合いの日本人に、文章を整理してもらって……だいたいの意味はあっていると思うよ」

その時、わたしは初めてここがターの家なのだということがわかった。となり部屋は明らかに彼の居間である。

「これ、どんな歌？」

「ミャンマーでは、よく歌う歌です」

「へえ」

「恋の歌もあるよ。聞いてごらん」

ターはまた違う曲を演奏し始めた。彼の国の言葉のわからないわたしは、さっきの歌とどう違いがあるのかよくわからない。演奏されているパターンは確かに違うのだが……。

恋の歌……と言われても、どんな詩なのか見当もつかなかった。

わたしが、「この歌の日本語訳は？」と聞いたら、彼は演奏をやめ、「ごめん、まだ訳してない」と笑った。

「僕、まちなかでミャンマーの歌、歌うよ。日本人に日本語に訳してもらってね。少しでも、ミャンマーのこと知ってほしいから」

要するに彼は、ストリートミュージシャンをやりたいのだ。

「またこんど、訳したものを君にあげる。少し時間がかかるけどね」

部屋をのぞくと、部屋の窓からも青空がのぞき、風がターの髪をなびかせていた。彼は気持ちよさげに、風に吹かれるがままに窓の外をながめている。

まだ引っ越したばかりなのか、殺風景な部屋だった。

そんな彼の部屋にわたしは、壁にかかげてある一枚のポスターが目についた。

大きなポスター……その写真に写っているのはきれいな女の人だった。

その女の人の眼差しをみたとき……わたしは何かに貫かれたような感覚を覚えた。

強い光を灯すその瞳……こんな目をした女の人をみるのはわたしは初めてだった。

わたしは気づかない間に、そのポスターをボウっとみつめていたようだった。

「アウンサン・スーチー」

ターの声がした。振り向くと彼はギターの弦を調整していて、こちらを振り向きもしなかった。ただ、その名を告げる声音はなにか、この女性に対する、特別な思いが込められているような気がした。

「彼女、知っている？」

ターが振り向いてまた、ニコっとした。

わたしがかぶりをふると彼は「ハハッ」と笑い、またギターの弦合わせに熱中し始める。

「僕たちの国には、自由はありません」

ポロン……と弦の音の鳴る音がした。

「言葉を自由に言うこともできません。逆らうと働きたくないのに働かされます。バルーチャンというところにとても大きなダムを造っています。そこに送られるのです。悪いことをしてないのに刑務所にも送られてしまいます」

「悪いことしてないのに？」

「そう、ぼくも入ったことあるよ。悪いことしてないのにね」

ターはイタズラっぽく笑った。

「ぼくたちの国にはデモクラシーがないのです」

「デモクラシー？」

あらかじめ言っておきたい。わたしは難しいことになると頭が止まってしまう。聞きなれない言葉には弱い。

「デモクラシー？　日本語では……う～ん」

彼は辞書のようなものを近くの本棚から引っ張りだしてきた。ページをめくり、必死でその意味を探している。

わたしは気づいた。

当たり前のことだが、なれない土地、勝手のわからない国。この日本で、ひとつひとつ言葉を拾っては覚えていかなければならない不自由さ。わたしが彼の立場なら、できることだろうか？

こんな不自由な思いまでして日本にきている外国人は、それぞれに事情があるのだろうが、ターたちはどうやら他の国の人とは事情が特殊のようである。

「たぶん……民主主義……だと思う」

「民主主義が？　民主主義がないの？　大変だねえ」

何も考えていなかったわたしは軽くそう答えた。でも、わたしの国だって大変だよ……とその時は思った。でなければ、わたしはルンペンなんてやっていない。しかしそのわたしの考えは、あとから思うと恥ずかしい。ターたちに比べれば、わたしなんて、ずいぶんアマチャンだったから。

「だから、逆らうと働きたくないのに働かされるの？　ダムに送られちゃうの？　刑務所にも送られちゃうんだ？」

「うん」

「それで、この女の人……アウンサンなんとかは、どういう人なの？」

「わたしたちのお母さんのような人」

お母さんのような人？

そう、お母さんで思い出した。あまり思い出したくないことだが、わたしの母は親父の直らない浮気癖が原因で、昼間から酒ばかり飲んでいる。ちなみにわたしが家をでた頃は、酔いつぶれてソファーで眠りこけていた。親父は一週間、音沙汰なしだから、酒でも飲まなきゃ、やってられなかったのだろう。

まあ、わたしの家の事情など、どうでもいい。

今はターの国、ミャンマーのことだ。

ターは続ける。

「自由もない、民主主義もない、人権もない。だからミャンマー人は戦っているんです。その中心にいるのが、スーチーさん」

ターは憧れの眼差しでそのポスターを見上げていた。

「戦うって？　戦車とか機関銃とか、武器を使うの？」

ターはかぶりをふる。そして一言「ノー」と言った。

「僕たちは武力は使わない。デモをするのです。そして国際社会に訴えるんです。日本、アメリカ、韓国、スウェーデン……いろいろな国に散らばって、それぞれの国に要請をするのです。独裁政権に圧力をかけてほしいと」

ターはギターをおき、寝ころびながら背伸びをした。

「でも、ミャンマーでデモをやれば、弾圧されるし、国際社会はなかなか、目を向けてはくれない。スーチーさんはディベーインでまた軟禁されてしまいました。なかなか、ぼくたちの戦いはうまくいきません」

「ターはだから、日本に来ているの？」

「はい。本国ではそういうことはできません。捕まって刑務所に送られてしまいますから」

一匹のネコが、窓から入ってきた。汚らしいから、どうみても野良猫だ。しかしターは、手を差し伸べてネコを招き寄せ、そして抱きしめた。

「僕の友だちね。日本に来たとき、二番目に出来た友だちね」

ターがネコのノドのあたりを指でなでると、ネコは「ゴロゴロ」といい、気持ちよさに目を細めた。

「じゃあ、一番目は？」

するとターはわたしを指さした。そしてニコリと笑った。

わたしは何も言わず、ただ、「アハハ」とだけ笑った。初めて出会った友だちに、気持ちいい昼寝をジャマされた上に、ひどい起こされかたをされているのだから。

「そして、彼らは僕が日本にきてからできた仲間。僕より先に日本に来ていました」

ターは、相変わらず台所で忙しそうな仲間たちを指さした。

「日本での生活の仕方、全部彼らに教えてもらいました」

すると彼は、わたしをみつめて言った。

「そう、僕まだ聞いてなかった。あなた、名前は？」

わたしはキョトンとした。

そういえば、彼と初めて出会ってから、わたしはまだ一度も名乗っていない。

そのことに初めて気づき、わたしは思わず、「アーハハハハ！」と大声で笑ってしまった。

ターもニコニコしている。わたしがなぜ笑ったのか、よくわかっているようだ。

「名前なんてどうだっていいよ。キーさんって呼んで」

「キーさん？」

「あっ、気にしないで、あまり深い意味ないから」

日本語の細かいニュアンスの通じない相手に、あだ名の由来を説明しても面倒なだけだ。わたしはいつも、あの公園の木の根元にいたから、「まるでキノコだね」とホームレスのおじさんに言われたことがあった。だから最初につけられたのが「キノコさん」。それがだんだんと「キノさん」になり、いまや「キーさん」である。

「じゃあキーさん、あなたにお願いがあります」

「？」

ターはネコを抱いたまま、あらたまった様子でわたしをみつめる。琥珀かかった黒い瞳。その視線にわたしは戸惑いを覚えた。

「ぼくたちにぜひ協力してください」

「え？」

思いもかけない言葉だった。

こんなホームレスでしかも未成年、おつむも弱いおバカなわたしに、一体なにができるっていうのだ？

「ぼくは日本人の友だち少ないから。でも、ミャンマーの民主化の闘いを日本でやっていくには、どうしても日本の人たちの力が必要なのです。あなたは、ぼくが日本にきて初めてできた友だち。だから、ぼくはこれからもあなたのこと、とても大事にしていきたい。あなたさえよければ、ぼくたちに協力してほしいです」

「わたしに何ができるの？」

「大きなこと、また多くのことは望みません。あなたのできることでいい。わたしたちでもできることは小さいです。多くのことはできないです」

「……」

「でも、ミャンマーの現実は待つことが許されない。こうしているあいだも、村では子供たちがポーターとしてかりだされ、女たちは軍人にレイプされています。ぼくたちのような活動家は捕まり、刑務所に送られて拷問を受けているのです。今すぐにでもミャンマーを変えなければ」

ターは真剣だった。のんびり屋の彼がどこかへいってしまい、まるで別人がのりうつったかのようだった。

「わたしはバカだからよくわからないのだけれども。ターもそんなひどい国に住んでいて、やっぱりひどいことをされたの？」

「……」

ターはなにも言わない。

ただ、しきりにネコのノドや頭をなで続けている。

そして彼がネコを放し、再びギターを抱えた時……わたしは気づいた。

彼のギターの持ち方は逆。ネックは左側だった。

そして奏でる右手の親指は根本からなかった。その切り口はつややかに丸くなっていて……。それだけじゃない。ターの人差し指と中指は爪がはがれていた。そのことに初めて気づ

チェーズー　ティンバーデー（ありがとう）

いて、そして彼の悲しい横顔をみて、わたしはなぜか、涙が出そうになって思わずうつむいた。

一言、わたしはつぶやいた。

「刑務所に送られると、ただ、そこに入っているだけじゃ、ないんだね……」

気がつくと、わたしがいた元の部屋のテーブルの上には、たくさんの料理が並べられた。

忙しく動く彼らはペチャクチャとおしゃべりをしていて、料理をする今の時間をとても楽しんでいる。

ターたちが自分たちの国で受けた悲しい出来事。でも今は忘れよう。わたしたちは今のささやかなうれしい時間を精一杯楽しもうよ!

料理をみてターの顔が明るくなる。わたしの手を引っ張って「さあ、ご飯ご飯」とニコニコする。

わたしはやっぱり、ターの悲しい顔はみたくはない。この笑顔が一番いい。

ミャンマー人プラス日本人約一名(未成年)の食事が始まった。

大きなお皿に盛られたご飯。並べられた料理を、好きなだけご飯にかけて食べればいいらしい。

カレーみたいな料理もあれば、魚を煮込んだもの、野菜炒め、サラダ……でも食材は全部日本で仕入れたものだから、ミャンマー本国ではもう少し違う料理かもしれないと、わたしは勝手に想像した。

インドネシアからきた連中の食事に混ぜてもらった話しはしたと思うけど、彼らの食事もこんな感じだ。似ている気がする。

わたしはサラダを少しだけとって食べた。

からい！

よくみるとサラダのすきまに小さく赤いもの……唐辛子だ！

またたく間にわたしは汗だくになる。ミャンマー人たちがわたしの汗をみて、指をさして笑い出した。みんな楽しそう……えっ、冗談じゃない。笑いものになっているのは、このわたしじゃないか！

ターが、わたしの前にティッシュを置いてくれた。

わたしがティッシュで汗をふいている間、ターたちは食べる食べる……本当に食欲旺盛だ。インドネシア人たちもそうだったが、本当に東南アジアの人たちはよく食べる。

いや、たぶん逆。……日本人があまり食べないだけなんだ。

大勢で食べる、こういう食事はインドネシア人たちとした時以来だ。それより前となると記憶がない。

わたしは、家では家族でそろっての食事などしたことがない。

いつも一人ぼっちだった。一人でコンビニの弁当を食べるだけの毎日……。そもそも母が食事を作らないのだから、しかたがない。

だから、こんな食事（こういうのは会食というのか？）はいつも新鮮だし楽しい。それに外国人とだから余計に刺激的だ。でも彼らにしてみれば、ごく当たり前のこと。日常茶飯事なのだろうが。

食事が終わると、わたしには珍しく、後かたづけを手伝おうという気持ちが芽生え、台所に立って真っ先に洗い物をした。

彼らは手や頭を振り、「やらなくていいよ」「あなたお客さん」としきりに言うが、わたしは一度こうと決めたらゆずらない。「はやく！　それ持ってきて！」「ここにおいて！」とむしろ仕切って彼らを苦笑いさせた。

ファミレスで皿洗いのバイトをしたことがあるから、こういうことは、わたしにはお手のものだ。

「やらなくていいのに」

「でもじょうずだね」

「いいお嫁さんになれるね」

みんなわいわい言っている。

ターもわたしのことを、ニコニコしながらみていてくれているかなと思ったら、彼はまた、自分の部屋にこもり、何かみている。

何だろうと気になるわたし。でも、目の前のかたづけものをやっつけなければ！　中途半端はわたしはきらいだ。

「……」

仲間が一人、ターのところにいき、ミャンマー語で何か話をし始めた。

女性のミャンマー人がわたしに笑顔を向け、こう話す。

「彼ね、写真をみているの。さっきギターを弾いていたでしょ？　ギターを弾くときは決まって写真もみるのよ」

彼女の表情は笑顔だが、どこか悲しみがにじみ出ていた。

「写真？　誰の写真？　アウンサン・スーチーさん？」

「違うわ。彼の奥さんよ。ミャンマーにいるの。彼、ミャンマーに奥さんおいてきて日本に来ているのよ。今、ミャンマーに帰れば彼は捕まってしまう。また、刑務所に送られてしまう。だから、二人が会えるようになるには、ミャンマーという国が変わらなければダメ。彼がギターを弾くときは、決まって奥さんのことが恋しくなったときなのよ」

わたしは、ターの悲しみに共感することができなかった。それを聞いて悲しかったが、それはターのために悲しんだことではなかった。

わたしの心が悲しかったのだ。

その時、わたしは初めて、自分の気持ちに気がついた。じっと写真をみつめるター。

わたしはそんな彼をただ、呆然とみつめることしかできなかった。

ポリ公の件もあり、あれからわたしは、あの公園には一度も戻っていない。

家を出てからのわたしは、友だちの家を転々として生活していた。だから、あの公園の木の下がわたしの寝所というわけではない。別に困ることはないけど、でもあの場所はわたしのお気に入りだ。そうじゃなかったら、わざわざターを初めての出会いで追い出すようなことはしない。

そう、彼はそんな仕打ちをしたわたしを、友だちだと言ってくれた。日本に来て初めてできた友だちだと……。

彼の気持ちはすごくうれしい。けど、なぜかせつなくなる。

そんなわたしとターとの今の関係は、微妙な距離だ。

知り合いになった人（とくに男）の家に転がり込むことは、わたしの得意技だが、とてもターたちのアパートに、泊めてもらおうと考えることはできなかった。

彼らはわたしに言わせれば、まじめすぎるのだ。

こんなわたしが、はたして彼らに寝床を甘えてしまっていいのだろうかと、つい考えてしまう。

だから、わたしは今、別の友だちのアパートに寝泊まりしている。

わたしがいつも着ている服は白のＴシャツ。しかも何日も洗ってないので、けっこう汚れている。風呂は、たまに友だちの家のシャワーを使わせてもらうことがあるから、体はそんなに汚くはないと思うが、それでも、普通の人よりは清潔感もなく、臭いもひどいと思う。ましてや、まっとうに生きていれば、わたしは花の女子高生。服も体も洗わない生活なんて普通じゃありえない。

無精な性格もあって、わたしのホームレスライフは、かなり不潔なものだったと思う。

ターと初めて出会った時、彼はわたしと同じくらいに服装も汚らしく、そして日本語も不自由だった。住む場所もなくホームレスも同様だった。

しかし、あの時にわたしが感じた、彼に対する親近感のようなものは、今はない。

今の彼は日本語を上手に話し、仕事も住む場所もある。

そして使命感……とでもいうのであろうか？　わたしにはまったくないもの。

そう生き方がわたしとはまるで違うのだ。

わたしは今、彼との距離を感じている。

だから、疎遠になったわけじゃないけれども、なんとなくターを含めて、ミャンマー人たちとは間をおこうとする自分がいるのだ。


(ぼくたちに協力してほしい)

ターがわたしに言ってくれた、その言葉はもちろん忘れたわけじゃない。

でもわたしの気持ちは、彼らには向かわなかった。

彼らが日本での生活に悪戦苦闘しているあいだ、わたしは普段と何も変わらないホームレス生活を送った。自堕落な生活だった。働くことも、考えることもなく、ただ、その日をボーっと生きていればいいのだから。

そんなわたしの日常に、変化が訪れる時がきた。

それは、今にして思うと、わたしだけじゃなく、ターにとっても大きなこと、そしてうれしいことだったのだとわたしは思う。

その日、わたしには寝床がなかった。

友だちの家を転々としてきたけれども、その日に泊めてもらう予定だった友人は「闇金融に手を出した。しばらく家にいないから」という連絡を最後に、行方不明になってしまった。だからといってあの公園には戻れない。

わたしは迷ったが、冬も間近のこの季節、やはり背に腹はかえられないとターたちの住むアパートに自然に足が向いた。

わたしは、ターのうちのインターホンを押した。

彼のうちには、仲間が何人か集まっていた。

わたしが困惑していると、彼らは笑顔で「あがっておいで」と手招きしてきた。

女の人もいる。はじめてここでごちそうになった時にお世話になった、奥さん連中の一人だ。体は小さいけど、世話好きで動きもキビキビとしている。

こんなわたしとはまるで正反対。そんな彼女は、わたしの言いづらいことをまるで察したかのように、タオルと石けんを手渡してきた。そしてターにミャンマー語で一言二言、なにか話すと、わたしに向きなおってこう言った。

「シャワーを浴びておいで。シャツは洗濯機に入れて。着がえは用意しておくからね」

言われるがままに、ターのうちのシャワーを借りることに。

汚れたシャツと下着を洗濯機に入れ、数日ぶりの入浴。おかげでさっぱりとすることができた。浴室を出ると、真新しいシャツと下着が、かごの中に用意してあった。こんなわたしなんかのために、本当に申しわけない。

ターたちは集まって、何かを作っているようだった。

アウンサン・スーチーの大きなポスターに見守られて、彼らはパソコンをのぞきこみ、しきりに格闘している様子だった。そして印刷機から出てくるそれを、腕組みをしながらながめていた。

やがて顔を見合わせうなずくと、それをわたしにもみせてくれた。

「……？　なに？」

それはハガキだった。

パソコンでカラー印刷されたスーチーさんの写真が裏。

「ノーベル平和賞受賞者アウンサン・スーチー」とある。

（へえ、ノーベル平和賞を受賞しているんだ、結構やるねえ……）と思う、おバカなわたし。

ノーベル平和賞の意味も、じつはよくわからない。

「外を戦車が走っていないことだけを取り上げて、この国に問題がないなどと言うことはできません。街に戦車の走る国は世界にそうはありません。にもかかわらず多くの国で人々の基本的権利が尊重されていないのです」

アウンサン・スーチー自由へのメッセージ

その写真の下には、そんな言葉が書かれてあった。

他にはアウンサン・スーチーさんを解放してほしい、日本政府には軍事政権に圧力をかけてほしい、などと書いてある。

そしてハガキのあて先が書かれた表には……。

「千代田区永田町二・三・一四　内閣総理大臣　小泉純一郎殿」

差出人を書く所は空白だった。

わたしはじっとそのハガキに見入っていた。あて先が内閣総理大臣なんて出す人は勇気がいるなあと思った。

するとターがそれを、おもむろにわたしに手渡した。

「キーさん、あなたにもこの手紙を差し出してほしいです」

わたしは笑った。

「冗談でしょ？」

しかし、ターは真剣だった。

「お願いします。僕たちももちろんこのハガキは出すけど、やっぱり日本人の方にも出してほしい。僕たちはこの国の人間じゃない、でもあなたはこの国の人、僕たちより、きっと声が届きやすいと思うから」

わたしにはターの気持ちが、痛いほどに伝わってきた。

いまのミャンマーには帰れない。でも、帰りたい。早く。祖国の現状を、変えたくて変えたくて、しかたがないのだ。

彼はミャンマーに残っている奥さんに、一刻もはやく会いたいのに違いない。そして祖国に一刻もはやく帰りたいのに違いない。

でも、わたしの気持ちは複雑だった。

そんなわたしの気持ちは、ターにはわからない。

胸の内側をなにか大きな魚のようなものがうごめき、ぐるぐると回っている。どう答えていいのか、わからない。

ターがどこか悲しい目をして、わたしをみつめているような気がした。涙を溜めたその黒い瞳。わたしは、そんな悲しい瞳のターはみたくないと思った。やっぱり、笑顔のターが好きだ。

結局、ターを思う気持ちがわたしの胸のうちで勝った。

「わかった。わかったよター。わたしこの手紙、出すよ」

その時、ターが言ったその言葉。

わたしはきっと、一生忘れることはないだろう。

「チェーズー　ティンバーデー」

わたしは思わず、「え？」と聞き返した。

ターは笑った。それはわたしが知るかぎり、彼の最高の笑顔だった。

「ミャンマー語で、ありがとう……という意味です」

ターが笑顔をみせてくれたことは嬉しかったけど、ただ、わたしは筆無精だった。自分の住所と名前を書くだけなのに、わたしはなかなか、筆がすすまない。

わたしは今、ターの仲間のモーさんという人のうちに同居させてもらっている。彼は昼に仕事に出ているので、うちには奥さんだけだ。よくしゃべる人なので退屈はしない。部屋の掃除、洗濯、食事のしたく。このうちでわたしは家事はなんでも手伝っている。洗い物は得意だし。

とりあえず、居候をするのに居心地の悪くなるようなマネはしていないつもりだ。わたしがハガキに住所を書かないことについては、奥さんはなにも言わない。彼女にしてみれば、退屈な昼の最中、お茶とお菓子をつまみながら、おしゃべりのできる話し相手がいてくれれば、それで充分なのだろう。

あるいは、もうとっくの昔にハガキは出したと思っているのかも知れないけど。

ターとはしばらく会ってはいない。彼は仕事が忙しい。夜も何時に帰っているのかわからない。そんな日々がしばらく続いたある日の朝のこと。

わたしはゴミを出すために、袋をいっぱいに抱え込んで、アパートのゴミ捨て場に急いだ。このアパートにくるゴミ収集車はやたらと朝は早い。遅れてはとテラスを急いで走った時に彼とばったりとでくわした。

「キーさん、今朝は早いね」

ターは仕事に出かける所だった。防寒服にニットの帽子。建設現場で働く彼は、当然のように朝も早い。わたしをみると、彼はいつもと変わらない様子で微笑みかけた。

「キーさん！」

ターが声をかけた。

「いいものがある。今夜渡すよ。今夜、そっちへ行っていいかな？」

わたしはただうなずいた。

いまだにハガキを出していない後ろめたさに、足早に去るわたし。

それでもターは微笑み、いつまでも手を振っていた。

それがわたしのみた、彼の最後の姿だった。

ターと別れるとわたしはゴミを捨て、急いで戻る。

戻ると、奥さんが朝御飯を作っていた。

わたしは、そっと、自分の部屋に戻ると、ほんのわずかな私物のしまってある、机の引き出しから例のハガキをとりだした。

ボールペンで自分の住所と名前を書いた。

書き終わるとわたしは急いで、近くのポストに走る。出際に奥さんの呼ぶ声がしたが、わたしは構わずに走った。

ポストの投函口にハガキが消えると、わたしはホッとした。アパートに戻る足取りも軽い。なにか久しぶりにいいことをしたような気がして、心も清々しい。

しかし、そんないい気持ちも長くは続かなかった。

夜、モーさんが仕事から帰ってきた。

ひょうきんな彼だったが、いつもと様子が違う。ふだんの元気がない。「おかえり」とわたしと奥さんが声をかけても返事も返さない。彼の顔は真っ青だった。

「どうしたの?」奥さんが気をもんで彼の顔をのぞきこむ。モーさんはふるえる唇で、やっとの思いで出た言葉は、わたしの心を凍りつかせた。

「ターが……入管の調査員に連れていかれた。あいつは正しい手続きで日本に入国したんじゃない。不法入国者だから。あいつはもう、日本にはいられない。ミャンマーに帰されてしまう……」


誰もいないターの部屋。開けっ放しの窓から風が吹き込んでくる。

なぜ、窓を開けっ放しで出ていったんだろうと、わたしは不思議に思った。

きっと、あの青空や白い雲をみたかったんだと、わたしは勝手に思った。そして閉め忘れて出ていったんだと……。

壁にはアウンサン・スーチー。

なんて強く光る瞳の人なのだろうと、いつも思う。

窓際の机の上には、白い紙。かたわらにギターがたてかけてあった。

紙には日本語で何か書いてある。わたしは以前、彼に手渡された、日本語訳のビルマの詩のことを思い出した。あの時もターは、寂しげにギターを弾いていた。

そして窓には白い雲……。あの時と同じ光景。でもターはいない。

「ニャー」と鳴き声が聞こえ、窓際をみると、ネコが入ってきた。ターの二番目にできた友だちだ。一番目はわたし……。でも、ターはいない。

わたしはネコを抱き寄せ、机の上にある、白い紙いっぱいに書かれたものをのぞきこんだ。

それは、日本語訳の詩……ただ、あの時の詩とは違う歌だった。

愛する人へ

今日はシンプルな格好で来てください
そのほうが　僕はいいんだ
笑いたくないのに　笑わなければいけないことや
がんばらなければいけないこと　たくさんあるけど
今日はお寺にいこう
お寺に今日は　南の階段からあがろうよ
階段の数を数えながらあがろうよ
今日はシンプルな格好で来てください

そのほうが　僕はいいんだ
その花のお店についたら　ガンゴーの花を買おうよ
今の人生も　次の人生も　僕たちは仲良く暮らそうよ
そうなるように　お寺にお祈りをしよう
お寺がよく見える所から　お祈りをしよう

今日はシンプルな格好で来てください
そのほうが　僕はいいんだ

（ミャンマーの恋の歌もあるよ、聞いてごらん）

（また、日本語に訳したものを君にあげる。少し時間がかかるけどね）

（いいものがある。今夜渡すよ。今夜そっちへ行っていいかな？）

彼はわたしの為に、あの歌を日本語に訳してくれていたのだ。

「ニャー」とまたネコが鳴いた。わたしはネコを「高い高い」と目の前に抱え上げる。ネコの姿がぼやけはじめる。何だろうと思っていると、熱いものが頬を伝って流れ落ちていく。

わたしは思わず、ネコを胸に抱きしめた。

声が次から次と、胸の奥からあふれでる。まるで自分の声じゃないような声。自分とは別の何かが、胸の中で狂っているかのようだった。でも、自分の声。そして自分の気持ち。

わたしはネコを抱えたまま、その場にうずくまり、そして声をあげて泣いていた。

いつまでも、いつまでも……。

時間の感覚など、その時にはなかった。

そしてそのあいだ……。

きっと壁のアウンサン・スーチーだけは、わたしをずっとみていたに違いない。

＊　＊

あれから十七年がたつけど、わたしも小生意気な息子のいる、いいおばさんになった。

信じられないだろうけど、あれからわたしは学校に行き、それなりに就職して、それなりに真面目な生活を送るようになったんだ。

でも思うこともある。

もしあのまま、ターたちに出会わなかったら？

わたしの人生はどうなっていたのだろうと。

わたしは今でも信じている。

あの時、ターはわたしを救ってくれるために現れたのだって。

最近、スマホをいじったりテレビをつけたりすると、アウンサン・スーチーがよくニュースに出てくるようになった。

それもいいニュースじゃない、バッドニュースで。

あれからミャンマーもかなり変わったし、ターにとって多少はいい国になったみたいだけど、スーチーのニュースを聞くと、少し悲しくなる。

ターがあんなに「お母さんのような人」みたいに言って尊敬していたあの人が、バッドニュースで取り上げられるなんて……あの時には想像もつかなかった。

まあスーチーもいろいろ大変だと思う。

それはなんとなくわかる。

ただ……ターのことを思うと、複雑になるだけなんだ。

あれからターには会っていない。

あとからわかったことだけど、ターは入管に捕まったからといってすぐに、強制送還されたわけではなかった。神戸の入国管理局に入れられて六十日はまだ、そこに滞在することになっていた。

仲間たちはなんとか、ターのためにいろいろと手を尽くしたみたいだ。

その甲斐もあって、ターは釈放されたみたいだけど。

でもわたしは、勝手にターがもう戻らないと落ち込んで、ミャンマーの人たちから遠ざかってしまった。

世の中はわたしの思うようには動かない。そんなあきらめや冷めた気持ちが、あの時から自分にあったのだと思うとうらめしくなる。
ターは今、ミャンマーにいるのだろうか？
きっとそうだと思う。
奥さんもいたのだし。
でも……もし、万が一。
もしまだ彼が、日本に残っているのなら！
わたしは、彼に会いたい。
そして、一言だけ言いたいんだ。
あの時、あんなわたしに、いろいろ大切なことを教えてくれたターに……。
「チェーズー　ティンバーデー」と。

終

【加藤康弘プロフィール】

一九七二年生まれ。愛知県幡豆町（現西尾市）出身◆高校時代より小説を書き始める。民主文学会に所属し多数の作品を生む。代表作「黄金の国」（民主文学二〇一四年五月号掲載）◆二〇〇七年愛知県吉良町（現西尾市）町議会議員当選。一期務める◆在日朝鮮人やビルマ民主化運動の活動家など多くの外国人を取材し交流をもつ。

海光る

2020年8月10日　初版

著　者　加藤　康弘

発　行　ほっとブックス新栄

〒461-0004　名古屋市東区葵1丁目22-26
Tel:052-936-7551　Fax:052-936-7553
http://hotbooks.kyodo.ne/jp/

印刷・製本　エープリント

ISBN978-4-903036-35-9　C0093　¥1400E